Edouard **FUSTER**

Secrétaire général de l'Alliance d'Hygiène sociale.

Tuberculose

et Mutualité

❧ L'Assurance ouvrière allemande et sa place dans l'armement antituberculeux. ❧ La Mutualité française et l'urgence d'un changement de méthode. ❧ Les éléments actuels de l'armement antituberculeux français. ❧ Les voies et moyens : la réassurance antituberculeuse à l'exemple de la Belgique. ❧

RAPPORT

Présenté au Congrès d'Hygiène sociale d'Arras

(Juillet 1904)

SUIVI DU VŒU

Voté sur la proposition de M. L. MABILLEAU

Président

de la Fédération nationale de la Mutualité française.

PRIX : 0ᶠ75

BORDEAUX

IMPRIMERIE DE *L'Avenir de la Mutualité*

Rue Saint-Christoly, 10-12

1904

EDOUARD FUSTER

Secrétaire général de l'Alliance d'Hygiène sociale.

❧

Tuberculose et Mutualité

❧ L'Assurance ouvrière allemande et sa place dans l'armement antituberculeux. ❧ La Mutualité française et l'urgence
d'un changement de méthode. ❧ Les éléments actuels de
l'armement antituberculeux français. ❧ Les voies et moyens :
la réassurance antituberculeuse à l'exemple de la Belgique. ❧

RAPPORT

Présenté au Congrès d'Hygiène sociale d'Arras
(Juillet 1904)

SUIVI DU VŒU

Voté sur la proposition de M. L. MABILLEAU

Président

de la Fédération nationale de la Mutualité française.

PRIX : 0ᶠ75

❧

BORDEAUX

IMPRIMERIE DE *L'Avenir de la Mutualité*

Rue Saint-Christoly, 10-12

❧

1904

MUTUALITÉ ET TUBERCULOSE

Messieurs,

Vous deviez entendre tout d'abord mon ami, M. Malvoz, l'éminent bactériologiste belge, l'ardent et lucide organisateur du dispensaire de Liège et du sanatorium de Borgoumont. Je déplore qu'il se soit trouvé dans l'impossibilité d'être des nôtres.

Il vous aurait expliqué, mieux que je ne saurai le faire, la part prise par la mutualité belge dans la lutte contre la tuberculose et ne nous eût pas caché, je pense, l'admiration que lui inspirent les résultats de l'assurance ouvrière allemande. Je m'efforcerai, au risque d'être plus long que je n'eusse voulu l'être, et je m'en excuse d'avance, de compléter, par des observations sur ces deux exemples étrangers, le rapport plus spécialement consacré à la France que j'ai été chargé de vous présenter.

Messieurs, parler de tuberculose, c'est parler de solidarité, par conséquent de mutualité. La tuberculose est, par excellence, la *maladie sociale* (¹). Elle l'est par ses causes, elle l'est par ses effets, elle l'est par les moyens que nous devons mettre en œuvre pour la combattre. Cet ouvrier est tuberculeux, parce que d'autres êtres, parents ou indifférents, l'ont contaminé et que, en même temps, les conditions générales de la vie sociale, mode de travail, alimentation, habitation, ont diminué sa résistance. Et, à son tour, ce tuberculeux ne s'éteindra qu'après avoir semé autour de lui la maladie et la misère. Se préserver par ses seules forces, se guérir par ses seules ressources, il ne

---

(¹) Cf. *La tuberculose maladie sociale,* communication à la Société de médecine publique, publiée dans la *Revue d'hygiène* du 20 janvier 1904. — Cette communication a provoqué de très intéressantes observations de M. l'Inspecteur général Drouineau, dans la *Revue philanthropique* du 10 juin 1904.

pouvait guère y songer ; l'accord de toutes les institutions publiques et privées, de la contrainte et de l'éducation, de l'argent et des hommes, n'est pas de trop ici. Solidaires sous la menace de la contagion, nous devons être solidaires contre elle.

Cette solidarité, cette défense réciproque, n'est-elle pas la raison d'être des sociétés de secours mutuels ? Et c'est pourquoi les hygiénistes doivent faire appel à l'excellent instrument d'assainissement que peut être, pour peu qu'elle le veuille et comprenne son intérêt même, chacune de vos sociétés. Ils nous disent que la tuberculose est *évitable*, qu'elle est *curable* aussi. Il importe donc que des hommes menacés par ce risque, non seulement dans leur vie, mais dans celle de la famille soutenue par leur gain si précaire, soient associés et s'éduquent l'un l'autre, se surveillent même, dépistant chez l'un le mal qui se glisse en lui, contrôlant chez l'autre l'exacte application des mesures de préservation prescrites. Et il importe encore que des caisses s'ouvrent où, sou par sou, franc par franc, par centaines ou par milliers, ces hommes versent les cotisations qui feront masse et permettront, le jour venu, de payer aussitôt, abondamment et longtemps, un secours de chômage au collègue que les mesures d'hygiène n'ont pu préserver.

En somme, le concours de l'assurance mutuelle est indispensable à l'hygiéniste, parce que, d'une part, elle lui offre un *milieu* où il peut faire de la prophylaxie antituberculeuse, et parce que, d'autre part, elle crée des *ressources* en vue du secours de ceux que la prophylaxie n'a pu préserver.

1° L'assurance ouvrière allemande et sa place dans l'armement antituberculeux.

Les hygiénistes ne se bornent pas à affirmer la nécessité de ce concours : ils ont leur préférence pour *un* système d'assurance ouvrière. Ils n'ont pu assister en spectateurs indifférents à la campagne antituberculeuse allemande dont ils critiquent parfois certains aspects, mais qui unit, dans un même et puissant élan, l'impératrice et les philanthropes, les agents du pouvoir central et d'innombrables municipalités, et, mieux encore, quinze millions d'ouvriers et paysans assurés contre l'invalidité. Et vous lisez dans presque tous les travaux d'hygiénistes français : « En attendant que nous possédions l'assurance obligatoire... » ou toute autre expression trahissant la même admiration pour les institutions, mutualistes à l'origine, mais généralisées, systématisées, bureaucratisées parfois, dont l'Allemagne, depuis quinze ans, nous montre avec tant de complaisance les statistiques colossales. On ne peut le nier, la sympathie des hygiénistes va, je ne dis pas à l'assurance par l'Etat, mais, ce qui est tout différent, à la mutualité accélérée, *généralisée* par la volonté de la loi, à l'assurance obligatoire. Puisque, disent-ils, la mutualité offre tant d'avantages, pourquoi ne pas la généraliser sans tarder, en suivant l'exemple de l'Allemagne?

C'est bien, en effet, à l'intervention toute récente des institutions d'assurance ouvrière que l'Allemagne doit d'avoir pu engager la campagne dont sans cesse vous entendez parler. Jusque-là on se demandait, sans argent, comment on ferait profiter la partie pauvre de la nation des découvertes faites par les inventeurs du traitement sanatorial. Il fallut que la loi de 1889 (refondue en 1899) sur l'assurance contre l'invalidité vînt, par son article 12, autoriser les 40 caisses régionales ou professionnelles à affecter des fonds au traitement des quinze millions de paysans et ouvriers assurés, quand ce traitement pouvait prévenir le risque garanti, c'est-à-dire l'invalidité. C'est en 1894 que le premier, M. Gebhard, directeur de la caisse régionale des villes hanséatiques, fit usage de cette faculté en édifiant un sanatorium d'assurés; et c'est même seulement en 1897 que le traitement fut assez généralisé pour que l'Office impérial des assurances s'en occupât dans ses statistiques.

Les organes et les ressources de l'assurance ouvrière. — Ces caisses d'invalidité (¹) sont, on le sait, de puissantes mutualités

(¹) Cf. *Les Retraites ouvrières en Allemagne.* Rapport de mission, adressé au Ministre du Commerce par M. Edouard Fuster, publié dans le *Bulletin du Comité permanent des Congrès d'assurances sociales,* 1901.

appelées à constituer des pensions viagères aux vieillards de 70 ans, et surtout aux travailleurs reconnus par elles invalides entre 20 et 70 ans. Administrées par des comités de patrons et d'ouvriers, avec des directeurs qui sont, le plus souvent, de hauts fonctionnaires locaux, elles ont ceci de commun entre elles qu'elles perçoivent, selon les mêmes principes, des cotisations payées moitié par les assurés travaillant dans leur circonscription, et moitié par les patrons (l'Etat n'intervenant que plus tard par une majoration des rentes), et qu'une partie des capitaux ainsi accumulés alimente un fonds général. Mais il faut se garder de les confondre avec des caisses d'Etat; leurs comités savent, à l'occasion, résister à la tutelle du pouvoir central, et chaque caisse a ses traditions et sa politique, surtout en ce qui concerne les dépenses de traitement et d'hygiène.

Leur action ne se confond pas avec celle des *caisses de maladie* : elle la complète. On sait que près de 25.000 caisses de maladie, sociétés de secours mutuels, locales ou professionnelles, ou d'usines, transformées ou créées de toutes pièces pour appliquer la loi de 1883-1900 sur l'assurance obligatoire contre la maladie, assurent 10 millions de travailleurs, surtout industriels (c'est-à-dire les deux tiers du personnel assuré contre l'invalidité), et dépensent, pour les soigner et leur payer (généralement le demi-salaire pendant un semestre) 200 millions de francs par an. Faut-il rappeler que ces caisses sont de types divers et telles que les assurés peuvent, en général, choisir entre plusieurs ; que l'entrée en est libre, c'est-à-dire n'est subordonnée ni à un examen médical, ni au paiement d'un droit d'entrée ; qu'elles sont, elles aussi, gérées par des comités mixtes, mais où l'élément ouvrier et même socialiste prédomine, et qu'elles perçoivent des cotisations (un tiers patronales, deux tiers ouvrières), tout à fait distinctes des cotisations dues à ces grandes caisses d'invalidité, et souvent assez élevées?

Ce ne sont pas les ressources qui manquent, d'ailleurs. L'exemple de la caisse de maladie de Leipzig (produit d'une concentration qui a fondu de nombreuses sociétés en une seule

caisse, chargée en outre de percevoir les cotisations de l'assu-
rance-invalidité, pour le compte de la caisse d'invalidité saxonne)
nous renseigne à la fois sur les deux catégories de cotisations.
Les 135.000 assurés qui la composent paient environ 33 francs
par an, auxquels les patrons ajoutent 21 francs, soit environ
54 francs, ce qui représente probablement 5 p. 100 du salaire ; sur
ces 54 francs, 34 sont affectés à la caisse de maladie, et 20 à la
caisse d'invalidité.

Importance de la morbidité tuberculeuse. — Or, parmi tous
les malades à secourir, les tuberculeux sont ceux qui imposent
aux caisses de maladie les charges les plus considérables, les
plus vaines aussi. D'après les renseignements émanant de caisses
d'une composition assez normale (¹), la tuberculose est à l'origine
d'un tiers des jours de maladie secourus, pour les hommes, et
d'un cinquième pour les femmes. « A l'expiration du semestre,
ajoutent les rapports, beaucoup de ces malades restèrent inca-
pables de gain ; beaucoup d'entre eux n'avaient fait intervenir
le médecin que trop tard ; craignant de perdre leur travail, en
chômant trop souvent, ils restaient le plus possible à l'atelier,
au risque de contaminer leurs camarades ». Ainsi, même au
pays de l'assurance obligatoire, du secours certain et relativement élevé, l'imprudence, trop justifiée, du travailleur qui n'ose
compromettre son gagne-pain, vient faire le jeu de la tuberculose !

Ces tuberculeux et quelques autres catégories de malades
(cancéreux, diabétiques, etc.) que les caisses de maladie étaient
autrefois en droit d'abandonner au bout d'un trimestre, (aujour-
d'hui un semestre), tombaient promptement dans une extrême
misère, dans une déchéance physique complète. Après un délai
parfois fort long et moyennant des conditions de stage assez
rigoureuses, ils se faisaient reconnaître invalides et tombaient
à la charge des caisses d'invalidité. D'après la dernière statistique des *caisses d'invalidité* (1896-1899) (²), qui a porté sur

(¹) Pannwitz, *Der Stand der Tuberkulose-Bekämpfung im Frühjahr 1904*, p. 24.
(²) *Amtiche Nachrichten des R. V. A.*, 2ᵉˢ Beiheft, 1903, p. xv et xviii.

315.809 personnes reconnues invalides et pensionnées à ce titre, dont 49.000 à l'âge de 20 à 40 ans, — 13 p. 100 des invalidités étaient imputables à la tuberculose pulmonaire, et, en particulier, sur 100 personnes reconnues invalides à un âge variant entre 20 et 40 ans, une quarantaine étaient tuberculeuses. Bien plus, si l'on considère seulement l'industrie, sur 100 jeunes hommes invalidisés avant l'âge de 35 ans, la moitié, et parmi les plus jeunes, les deux tiers étaient tuberculeux; la proportion ne tombe que lentement; parmi les ouvriers de 45 à 50 ans obligés de s'arrêter, 1 sur 4 est tuberculeux! La proportion, plus faible chez les femmes, reste cependant attristante. On comprend que les législateurs de 1889-1899, et, à leur suite, M. Gebhard et ses collègues, aient cru devoir intervenir pour compléter un régime d'assurance contre la maladie qui laissait un tel déchet.

Conditions de l'intervention des caisses d'invalidité. — Voici comment la loi nouvelle règle la question du traitement :

ART. 18. — Lorsqu'un assuré est tombé malade de telle sorte qu'on puisse redouter, comme conséquence de la maladie, l'incapacité de gain donnant droit à la rente d'invalidité, la caisse d'assurances est autorisée à faire intervenir un traitement médical, dans la mesure qui lui paraît convenable, pour éviter ce préjudice.

La caisse peut accorder le traitement médical sous forme d'hospitalisation du malade dans un hôpital ou dans un asile de convalescents. Si le malade est marié, ou s'il a un ménage en propre, ou s'il fait partie du ménage de sa famille, son assentiment est nécessaire.

Lorsque la caisse d'assurances fait intervenir le traitement médical, et dans le cas d'assurés auxquels s'applique l'assurance-maladie, les obligations de la caisse de maladie à l'égard de l'assuré sont transférées à la caisse d'invalidité... La caisse de maladie doit rembourser à la caisse d'invalidité les sommes dépensées par celle-ci, jusqu'à concurrence du secours de maladie en espèces que l'assuré était en droit de réclamer à la caisse de maladie.

Pendant le traitement médical, un secours doit être payé à ceux des parents de l'assuré à l'entretien desquels celui-ci a pourvu jusque-là au moyen de son salaire, et ce secours doit être payé même si l'assurance-maladie ne s'applique pas à l'assuré...

ART. 22. — Si l'assuré devient, à la suite de sa maladie, incapable de gain (invalide), et s'il s'est soustrait sans motif légal ou autrement valable aux mesures prises par la caisse d'invalidité (en vertu du texte ci-dessus), la rente d'invalidité peut lui être refusée à titre temporaire, totalement ou partiellement, à condition que cette conséquence de son refus lui ait été indiquée et qu'il soit établi que l'incapacité de gain résulte de son attitude.

En somme, les caisses d'invalidité ne sont pas *obligées* d'intervenir, mais elles sont *autorisées* à le faire quand elles y ont intérêt. Elles n'ont pas à se substituer aux autres institutions d'assistance ou d'assurance, et les cotisations versées par les assurés pour se constituer des rentes viagères différées ne doivent pas servir à faire la charité, même à des co-assurés. La plupart des caisses exigent déjà que le bénéficiaire du traitement soit assuré depuis un certain temps (trois ans par exemple). Il faut aussi que le malade se soumette d'avance à l'hospitalisation. Il est encore nécessaire que les caisses de maladie prennent l'engagement de rembourser les frais qui leur incombaient. Mais surtout il faut, comme le demande, par exemple, la caisse de la province du Rhin, que le médecin appelé à fournir un certificat au malade à l'appui de la demande du traitement, soit, en conscience, convaincu que l'assuré deviendrait probablement invalide si l'on ne le traitait pas, et qu'il y a vraiment des probabilités pour que, grâce au traitement, l'assuré conserve définitivement, ou du moins pour plusieurs années, sa capacité de travail. Les caisses repoussent de plus en plus impitoyablement, non seulement les demandes frivoles, mais aussi, parce qu'elles y sont tenues, les demandes venues des malades qu'elles ne pourraient améliorer : à la rente qu'elles devront bientôt leur servir, elles n'ont pas le droit d'ajouter, par charité, les lourdes dépenses d'un traitement soi-disant préventif. Que de déceptions cause cette rigueur nécessaire ! Que d'ouvriers soignés mal et trop tard attendent encore le salut de l'envoi au sanatorium, et se voient repoussés, comme condamnés, par les médecins de la caisse ! On peut dire qu'en moyenne une demande sur deux est rejetée.

Tous les malades intéressants devraient, aux termes de la loi (art. 57, ch. 4), être signalés aux caisses d'invalidité par les municipalités. Celles ci y ont intérêt, car le traitement par les caisses allège d'autant les dépenses de l'assistance publique. Plus simple encore et plus fréquente est la communication des cas intéressants par les caisses de maladie, lorsqu'il s'agit, bien entendu, de leurs assurés. Les caisses d'invalidité ne cessent de prier les caisses de maladie de leur signaler sans retard les tuberculoses légères, les convalescences douteuses, toutes ces misères mal reconnues et bientôt aggravées.

Le traitement ne consiste pas en service à domicile. Les caisses d'invalidité veulent qu'il soit intensif et surveillé. C'est donc au sanatorium, et là seulement qu'il peut être efficace, soit que cet établissement appartienne à la caisse, soit qu'elle ait traité avec des sanatoriums privés.

Dépenses déjà faites par les caisses d'invalidité pour le traitement des tuberculeux. — Quelle est donc l'étendue des sacrifices déjà faits par les caisses pour le traitement de ces malades qu'elles espéraient relever pendant quelques années au moins ?

Pour ne parler que des tuberculeux, les caisses ont soumis au traitement hospitalier :

En	1897.	2.598 hommes et	736 femmes, ce qui a coûté	1.270.000 francs
—	1898	3.806	—	1.104	—	—	1.935.000 —.
—	1899	3.032	—	1.666	—	—	3.006.000 —
—	1900	8.442	—	2.652	—	—	4.710.000 —
—	1901	10.812	—	3 844	—	—	6.299.000 —
—	1902	12.187	—	4.302	—	—	7.326.000 —

Soit, en 1902, 16.489 assurés tuberculeux traités par les caisses d'invalidité sur 36.000 malades qu'elles avaient cru devoir prendre en charge en dépensant au total 11.250.000 francs. Elles avaient jusqu'à la fin de 1902 pris en traitement 58.281 ouvriers et paysans tuberculeux, en dépensant 25 millions de francs.

Les frais — secours aux familles y compris — ont atteint (en 1902) 444 francs par assuré traité; ces frais augmentent d'année en année. La durée du traitement est cependant la même : 75 à 76 jours, ce qui fait ressortir les frais quotidiens de traitement à 5 fr. 86 par assuré traité. Certains sanatoriums de caisses d'invalidité accusent des frais plus élevés encore : pour l'un de ceux de la caisse des villes hanséatiques, *Oderberg*, ils atteignaient 6 fr. 66, non compris la part de frais d'administration de la caisse afférente au service des sanatoriums, ni le secours de famille ; l'entretien seul des pensionnaires n'entrait dans cette somme que pour 2 fr. 50 : par contre, le sanatorium de la caisse de Hanovre n'intervient dans les statistiques que pour 3 fr. 81 et 1 fr. 75. Dépense considérable, on le voit, pour un séjour malheureusement beaucoup trop court.

Résultats obtenus. — Quels résultats a donnés jusqu'ici ce traitement ? Ce n'est pas ici le lieu d'entrer dans la discussion des statistiques officielles de l'assurance. On a dit qu'elles présentent sous un aspect beaucoup trop flatteur le traitement sanatorial. A vrai dire, il ne faut pas oublier qu'elles ne parlent pas de guérisons au sens clinique du mot. Elles ne considèrent que la guérison économique du travailleur tuberculeux : lorsque celui-ci sort du sanatorium, la caisse l'estime guéri, ou plutôt rétabli, s'il peut reprendre une activité qui dispense la caisse de le pensionner. Cette « guérison » dure aussi longtemps que la caisse peut éviter d'en arriver là ; lors des révisions auxquelles procède la caisse pour suivre l'effet du traitement, le médecin se borne à constater si l'intéressé peut encore ou non gagner en partie sa vie. Il ne faut pas non plus oublier que les médecins des sanatoriums sont de plus en plus sévères lors de l'admission de leurs pensionnaires, et repoussent d'emblée ou renvoient bientôt les tuberculeux réellement malades.

Sous ces réserves, il est intéressant de constater que les caisses, sur 100 personnes traitées, disent avoir rétabli, bon an mal an, depuis 1898, de 72 à 78 personnes. A la fin de l'année qui suit le traitement, c'est-à-dire de 12 à 21 mois après la sortie du sanatorium, il en reste 45 environ en état de validité ; puis, d'année en année, ce nombre fléchit, quelques-uns des tuberculeux étant morts ou invalidisés ; si bien qu'au bout de 5 ans, un tiers des traités résiste encore. Cette proportion tend même à s'améliorer, sans doute à cause. d'une plus sévère sélection à l'entrée.

L'Office impérial des assurances et chacune des 40 caisses se refusent à chiffrer ce que peut leur rapporter ce traitement préventif des tuberculeux, c'est-à-dire le montant des annuités de rentes économisées du fait de ces rétablissements, guérisons ou ajournements de la déchéance finale. Mais l'Office impérial d'hygiène, qui suit lui aussi de très près tout ce mouvement, a procédé à une évaluation curieuse sinon absolument précise ([1]) des services rendus par les sanatoriums quels qu'ils soient.

Si l'on admet, dit-il, que sur les 90.000 Allemands enlevés tous les ans entre 15 et 60 ans par la tuberculose pulmonaire, le septième ou le huitième, soit 12.000 environ, soit bon pour le traitement sanatorial, et si l'on admet que les trois quarts (9.000) y gagnent de rester vivants et actifs 3 ans encore de plus que s'ils n'avaient suivi aucun traitement; — si l'on estime d'autre part à 500 marcs (625 francs) le gain moyen de cet individu, on voit que $3 \times 625 \times 9.000 = 16.875.000$ francs auront été conservés, économisés pour la nation toute entière. En regard, il faut mettre les frais de traitement, soit 500 francs par personne, ou 6.250.000 francs, en y ajoutant pour 400 lits environ (occupés chacun par 3 malades successifs, en moyenne) l'intérêt du capital de premier établissement soit 1.250.000 francs, ce qui porte les dépenses à 7.500.000 francs. Résultat, une économie de 9.375.000 francs ou 800 francs par tuberculeux, sans parler du réconfort moral et matériel apporté chaque année à des milliers de familles, sans parler aussi de l'éducation sanitaire qui se propage autour du sanatorium, sans parler enfin de la réduction du nombre des tuberculeux graves, agents de contamination, et par conséquent de la diminution progressive du nombre des contaminés qu'il faudra traiter à l'avenir !

Les Allemands, en effet, et il importe de le redire à la fois pour être justes et pour que leur exemple garde toute sa valeur, les Allemands se défendent de ne voir que le traitement, de se laisser hypnotiser par l'espoir de la « cure », de la guérison clinique ou même simplement économique du travailleur tuberculeux. Ils répondent aux critiques de certains hygiénistes français qu'ils font aussi de l'assistance, et surtout de l'isolement

([1]) *Tuberkulose-Arbeiten aus dem G. A*, 2 heft. (*Deutsche Heilstätten*, Dr Hamel), 1904.

des contagieux, et toujours de l'éducation. Si brève que soit encore sa durée, le traitement constitue une assistance d'autant plus efficace qu'elle est plus précoce et que, au moment où elle est accordée, le travailleur n'oserait certainement pas abandonner spontanément son travail. De plus, bien que beaucoup de tuberculeux déjà contagieux, déjà en tuberculose ouverte, soient repoussés par les sanatoriums (du moins par ceux des caisses d'assurances), un grand nombre de dangereux y sont pourtant admis et sont isolés par là même de leurs familles et ateliers. Enfin, il suffit d'avoir pénétré dans les milieux ouvriers allemands pour constater que le traitement sanatorial fait dans une large mesure l'éducation hygiénique du pensionnaire et de sa famille, de son milieu; on commence à bien savoir comment la tuberculose est évitable et curable.

Institutions diverses qui complètent ou remplacent le sanatorium. — Ce serait toutefois encore insuffisant. Ce qui importe davantage peut-être, et vient compenser, aux yeux de l'observateur impartial, les grosses dépenses engagées par les caisses d'assurance et par d'autres institutions, c'est ce qu'il y a *autour* du sanatorium. Ces grands bâtiments coûteux, parfois ridiculement luxueux, sont des centres de ralliement, l'aboutissement ou le point de départ d'œuvres beaucoup plus modestes, n'ayant pas pignon sur rue, mais qui préparent ou maintiennent ou complètent l'action du sanatorium. L'opinion publique a d'abord été sollicitée d'intervenir, de donner de suite un grand effort, et les caisses d'assurance, nous l'avons vu, ont en quelque sorte cautionné ce mouvement en faisant à elles seules bien plus que la philanthropie officielle ou privée; et osera-t-on affirmer qu'il ait été maladroit d'aller d'abord au plus coûteux, profitant de l'enthousiasme des premières années?

Aujourd'hui, depuis deux ou trois ans déjà, on achève les sanatoriums entrepris; je ne crois pas qu'on en projette d'autres. Mais voici à leur tour les caisses de maladie qui, sous l'impulsion, il faut le reconnaître, de médecins socialistes, transforment leurs méthodes et s'efforcent de dépister à temps les tuberculeux,

les assistent par des cures. d'air aux environs des villes, font
l'éducation de leurs membres, procèdent à des enquêtes sur l'état
de leurs logements, font entendre leur avis sur les questions
d'hygiène publique.

Les caisses d'invalidité, de leur côté, améliorent leur système
d'assistance de la famille pendant le séjour du tuberculeux au
sanatorium, et les œuvres privées viennent les aider, telles ces
institutions ou même ces petites mutualités libres, qui garantissent
à la famille une maîtresse de maison lorsque la mère est retenue
au loin par le traitement sanatorial ou par ses couches ; telles
aussi les œuvres de protection de l'*enfance,* qui s'efforcent
d'enlever au foyer contaminé et d'envoyer au grand air les
enfants encore indemnes ou de traiter à temps dans des sanatoriums d'enfants les petits déjà touchés.

Les caisses d'invalidité, en même temps, se préoccupent des
lendemains du traitement sanatorial, dont elles déplorent la
brièveté mais connaissent aussi la cherté.

Quelques-unes, comme Hanovre, organisent des secours de
transition, des colonies agricoles où le tuberculeux achève son
rétablissement. Et toutes, d'accord avec les institutions publiques et privées, s'efforcent de faciliter au tuberculeux la reprise
de la vie active, la recherche d'un emploi approprié et pourtant
rémunérateur. Bien mieux, depuis quelques mois, sur toute la
ligne, Ministère en tête, on recommande la création de dispensaires du type Calmette, modifié suivant les circonstances : les
Allemands n'auront pas de peine à associer dans chaque loca-
lité leurs œuvres d'assistance municipales et privées, à développer les services des sœurs de la Croix-Rouge (qui, n'ayant
pas de champ de bataille à parcourir, se transforment en visi-
teuses et assistantes, en monitrices d'hygiène, aussi bien à la
campagne que dans les villes), à modifier enfin l'organisation de
leurs policliniques. De la sorte, avant l'intervention du sanatorium, mais surtout après, le tuberculeux sera, avec sa famille,
enserré dans un réseau de protection et de surveillance bienfai-
sante ; de même qu'on lui aura facilité l'arrêt du travail, on lui

facilitera la reprise d'une vie laborieuse mais saine, en améliorant ses conditions d'habitation, en l'admettant dans les cures
d'air installées près des villes, en s'occupant de sa famille, en
la préservant au besoin de la contagion, le jour où le tuberculeux devient ou redevient dangereux.

Et ce jour-là, non seulement il y a bien des chances pour
qu'il obtienne sans tarder sa petite pension, mais encore on
s'efforcera de tous côtés de l'isoler, sans en faire pourtant un
pestiféré. Gros problème, que l'Allemagne ne prétend pas avoir
résolu davantage que la France! Quelques caisses d'invalidité
essaient d'attirer les pensionnés tuberculeux, déjà contagieux,
dans de petits asiles, tout familiaux, et les autorités, comme en
France, étudient et établissent des hospices spéciaux. Mais cet
internement ne sourit guère aux malades, et l'isolement dans la
famille, avec assistance ou éloignement des membres les plus
menacés, restera longtemps, sans doute, à la charge des nouveaux dispensaires.

*Le placement des capitaux d'assurance et les progrès de l'hy-
giène sociale en Allemagne.* — Enfin les caisses d'invalidité
n'ont pas attendu les critiques adressées au système sanatorial
ou de *cure* pour faire de l'hygiène sociale. Dès leurs débuts,
avant même qu'il fût question de sanatorium, la plupart des
caisses entraient dans la voie des *placements sociaux :* elles
remettaient dans la circulation, au profit de l'ensemble des
travailleurs assurés, une partie des sommes provenant des cotisations par eux versées. C'est ainsi qu'elles prêtent des capitaux
aux sociétés d'habitation ouvrière, aux associations philanthropiques de toute nature, aux municipalités et départements arrê-
tés par le manque d'argent dans leurs travaux sanitaires. A
l'heure qu'il est, la *totalité* des capitaux de la caisse dirigée par
M. Gebhard est affectée à ces « placements sanitaires et sociaux ».
Certaines caisses sont beaucoup plus timorées. En somme, à la
fin de 1903, les caisses avaient déjà placé de la sorte plus
de 1/3 de leurs capitaux, soit 457 millions de francs, dont 87
prêtés pour l'amélioration de la voirie et des transports ruraux,

147 prêtés pour la construction de maisons ouvrières ([1]), 187 prêtés à des municipalités ou à des associations pour la construction d'hôpitaux, sanatoria, pour des travaux sanitaires et des institutions philanthropiques de toute nature ; enfin 36 millions dépensés directement par celles des caisses qui ont cru pouvoir suivre l'exemple donné par M. Gebhard et construire, posséder en propre des sanatoria, maisons de convalescence, asiles d'invalides incurables, etc... Cette dépense de quelques millions, ainsi que les 25 millions dépensés de 1897 à 1902 pour le traitement, ne jouent plus qu'un modeste rôle à côté des placements sociaux dont je viens de vous rappeler l'importance.

Conclusion : la décroissance de la mortalité tuberculeuse. — Ainsi, grâce à un emploi généreux (sinon financièrement inattaquable) des capitaux que le système de la capitalisation obligeait à drainer, grâce à une autonomie administrative et à des traditions d'indépendance entièrement favorables aux expériences de tout genre, grâce enfin au concours de toutes les autres institutions mutualistes ou publiques et des associations philanthropiques encouragées dans leurs efforts par l'espoir des subventions des grandes caisses, la tuberculose fait moins de ravages au foyer du travailleur allemand. On pourra discuter à l'infini sur l'influence des divers instruments de lutte. Le résultat global est clair : la courbe générale de la mortalité tuberculeuse en Allemagne baisse presque sans discontinuer. D'après la dernière statistique officielle du docteur Mayet, alors qu'il mourait, dans les villes prussiennes de plus de 15.000 habitants, pendant la période 1877-1886, 350 tuberculeux environ par an sur 100.000 habitants, cette proportion, de 1897 à 1901, tombait à 218,7.

En regard de ce dernier chiffre, placez le chiffre correspondant que nous signale pour la France la « Statistique sanitaire

---

([1]) Cf. *L'habitation ouvrière et les pouvoirs publics en Allemagne*, rapport de mission, par M. Edouard Fuster, publié dans le *Recueil de documents sur l'assurance et la prévoyance sociales* (Ministère du commerce) 1903. — Un rapport plus général sur les placements sociaux des capitaux d'assurance paraîtra prochainement.

des villes de France » (de plus de 10.000 habitants) : 349,8 !
Que ne puis-je aussi vous montrer le désolant graphique exposé
à la dernière conférence de l'Association internationale contre
la tuberculose (Copenhague, mai 1904) ! Des colonnes se succé-
daient, en escalier : la première, la plus haute, figurait 400
morts environ par 100.000 habitants ; on lisait au-dessous *Paris ;*
puis venaient, de moins en moins frappées, les autres grandes
villes du monde, parmi lesquelles, bien loin de Paris, les villes
allemandes... Comment les hygiénistes résisteraient-ils à la ten-
tation de glorifier l'un au moins des facteurs de ces progrès,
l'assurance ouvrière générale et obligatoire, corrigée par la
décentralisation ! Comment, tout au moins, nous refuserions-
nous à considérer comme un exemple la contribution apportée
par les institutions d'assurance allemande à l'assainissement de
la nation ?

2o **La mutualité française et l'urgence d'un changement de méthode.**

Il faut reconnaître, Messieurs, que nous sommes ici dans un
tout autre monde. L'assurance du type allemand et notre mutualité peuvent avoir, techniquement, la même origine : en fait,
elles ont évolué de façon si différente qu'elles n'ont plus aujour-
d'hui de commune mesure et qu'il serait injuste d'accabler l'une
sous les triomphales statistiques de l'autre. Comment assimiler
aux caisses de maladie ou aux caisses d'invalidité allemandes
ces sociétés de secours mutuels françaises, si éloquemment
décrites par Léopold Mabilleau, ces groupements modestes de
voisins qui s'entraident, de camarades qui se secourent librement, groupements spontanés, souples, ingénieux, nés du milieu
local ou professionnel et non de la volonté de la loi, insuffi-
samment scientifiques mais supérieurement vivants, divers,
incertains et généreux comme la démocratie même, dont ils
sont peut-être, derrière notre rigide armature bureaucratique,
la plus libre manifestation !
Ah certes ! trop de prolétaires, les plus malheureux et les plus

dangereux précisément, restent hors des rangs de ces sociétés! Et qu'elles sont morcelées encore, et qu'elles sont pauvres, et qu'elles sont aussi, avouons-le, préoccupées de soucis parasites, au risque de négliger ce qui est leur premier devoir et leur premier intérêt, la défense contre la maladie! Tout cela est vrai, mais faut-il pour cela briser les cadres qui se forment actuellement et renoncer au concours libre de nos mutualités, en lui substituant un régime d'assistance légale où elles ne persisteraient que de nom? N'ont-elles pas, en un pays où toute institution devenue obligatoire est exposée à un excès de contrôle et à une déperdition de vie propre, le mérite d'agir plus organiquement et profondément que des services publics sur le milieu qu'il s'agit de transformer? Elles sont essentiellement des associations de secours mutuels, de contrôle mutuel, de sympathie attentive; une action s'y exerce d'homme à homme; leurs membres se connaissent, se conseillent, se surveillent; et cela même n'est-il pas un précieux appoint dans la lutte antituberculeuse? Ne condamnons donc pas notre mutualité avant qu'elle n'ait fait ses preuves. Il y a si peu de temps qu'elle est fédérée, si peu de temps aussi qu'elle est avertie de ces nouveaux problèmes! Elle a hâte, sans doute, elle-même d'emprunter à l'exemple allemand tout ce qu'il est en son pouvoir de faire en France, et de mettre à la disposition des hygiénistes ses ressources peut-être, ses hommes en tous cas.

Morbidité tuberculeuse dans nos sociétés. — Aussi bien, n'est-ce pas son *intérêt immédiat?* Sociétés françaises comme caisses allemandes sont lourdement et inutilement grevées par la tuberculose.

La statistique de la morbidité tuberculeuse dans les mutualités reste à faire et nous estimons, pour notre part, que chaque société devrait consentir les quelques dépenses de recensement indispensables pour établir, au moins d'une façon approximative, cette statistique. Mais nous avons vu que des caisses de maladie allemandes — sans examen médical, il est vrai — déclarent qu'un tiers des journées de secours incombe aux tuberculeux, pour les hommes : non qu'un mutualiste sur trois tombe malade de tuberculose, mais chaque tuberculeux reste beaucoup plus longtemps, jusqu'à la fin du semestre par exemple, à la charge de la mutualité. Dans un article très remarqué sur la question qui nous retient (¹), le D' Calmette estime que la tuberculose entre pour un cinquième dans le total des frais de maladie répartis chaque année.

« Prenons pour exemple, dit-il, une société de Lille qui compte 590 participants. En 1901, elle a secouru 172 malades, payant 4.547 fr. d'indemnités, 1.604 fr. d'honoraires aux médecins, 1.898 fr. de frais pharmaceutiques, soit au total 8.049 fr., alors que le montant des cotisations (13 fr. par an pour chaque participant) n'a été que de 9.216 fr. Le nombre moyen des malades pour cause de tuberculose a dû être d'environ 35. Ils ont probablement occasionné à eux seuls beaucoup plus de dépenses que les 137 autres; admettons cependant une quote-part égale...; nous trouvons alors que chacun d'eux revient à la Société à 46 fr., alors que sa cotisation annuelle ne s'élève qu'à 13 fr. C'est donc une charge de 33 fr. qui incombe aux autres sociétaires et, pour ses 35 tuberculeux, la Société grève chaque année ses finances d'une somme d'au moins 1.155 fr. ».

Voici, d'autre part, le résumé des déclarations que nous firent, lors de la première réunion de l'Alliance d'hygiène sociale à Saint-Étienne (automne 1903), MM. Peillon et Gerest, les porte-parole de l'Union mutualiste de la Loire.

« Nous sommes malheureusement sans documents sérieux nous renseignant sur les charges que nous subissons du fait de la tuberculose. Il est d'autant plus difficile, dans les Sociétés mutualistes, d'obtenir des renseignements exacts sur la nature des maladies de chacun des membres, que ces Sociétés manquent d'archivistes compétents et que les médecins, invoquant le secret professionnel, ne fournissent pas toutes les indications désirées.

» Toutefois, nous croyons pouvoir estimer à 36 p. 100 le tribut que la mutualité forézienne paie à la tuberculose.

» A Saint-Étienne, nous dépensons en moyenne, par mutualiste et par an, 12 fr. 25 de frais de maladie et indemnités de chômage (3 fr. 25 de médecin, 4 fr. de pharmacien, 5 journées à 1 fr.). Nous affectons donc à ce service, pour le dire en passant, presque la totalité des cotisations d'adhé-

(¹) Les Sociétés de secours mutuels et la lutte contre la tuberculose, *Presse médicale*, 25-28 mars 1903.

Fuster 2

rents auxquels nous avons alors grand'peine à servir, en outre, des retraites ou des secours au décès.

» Si 36 p. 100 de ces frais proviennent de secours aux tuberculeux, il en
résulte que, pour 12.000 mutualistes. environ, la tuberculose nous coûte
près de 50.000 fr. par an! »

Et l'on ne nous cachait pas que cette somme relativement
considérable était dépensée en pure perte : les mutualités ne
sauvaient pas les malades et ne préservaient pas leur entourage.

Inefficacité actuelle des secours et de l'examen médical. —
Combien inefficace, en effet, le secours promis par une de ces
petites sociétés au tuberculeux qui s'est glissé dans ses rangs !
Qu'il est de courte durée, qu'il est loin aussi de suffire à l'entretien du ménage et à l'hospitalisation du malade ! *La société
intervient lorsqu'il est trop tard, elle assiste trop faiblement et
trop peu de temps.* Elle n'est, pour le tuberculeux, que l'antichambre du bureau de bienfaisance et marque à peine un temps
d'arrêt dans la dégringolade définitive. Et pourtant, il suffit que
quatre ou cinq tuberculeux au lieu de deux ou trois se rencon-
trent une année dans une de ces petites sociétés de 200 à 300
membres, pour que le trésorier s'alarme et voie les finances com-
promises. Qu'en serait-il si la société devait entretenir le malade dans un sanatorium tout en secourant la famille, et si elle
voulait faire les frais de l'assistance en dispensaire selon toutes
les exigences des hygiénistes ?

Comment alors se défendre ? Les sociétés vont-elles renfor-
cer l'examen médical et les conditions de stage, s'efforcer d'éli-
miner tous les candidats menacés de tuberculose ? Mesure bien
insuffisante, car ce filtre imparfait, dit avec raison le Dr Calmette, présente certainement de nombreuses fissures par où
passent bien des tuberculoses naissantes, des convalescences
suspectes ; de plus, un grand nombre d'ouvriers deviennent
tuberculeux vers l'âge de 25 à 30 ans, lorsqu'ils sont déjà membres participants depuis plusieurs années. Faut-il ajouter que
l'émulation entre sociétés doit prendre parfois le caractère de
la concurrence, et que les sociétés trop fermées verraient tarir

leur recrutement ? En outre, dans beaucoup de communes, les progrès, si l'on peut ainsi parler, de l'assistance médicale gratuite écartent de nos sociétés des individus, trop heureux qu'un prétexte leur soit donné pour renoncer à la prévoyance. Et d'ailleurs, ceux-là mêmes qui, de bonne foi, voudraient faire acte de prévoyance et se soumettraient peut être mieux que d'autres aux règles de l'hygiène, mais qui seraient porteurs, depuis le taudis de leur première enfance ou depuis le premier atelier, d'une tare, d'un point douteux, est-il vraiment conciliable avec la conception moderne de la mutualité démocratique, qu'on les repousse d'emblée ? Ne choquera-t-elle pas l'opinion, ne sera-t-elle pas impolitique, cette attitude de défense commerciale ?

« État de chose anormal et en quelque sorte inhumain, s'écrie le Dr Calmette. Les rejetés, les parias, iront au bureau de bienfaisance, continueront sans doute à contaminer leur entourage, détruiront dans le milieu même où se recrute la mutualité les générations à venir ». Ne verra-t-on pas là un aveu d'impuissance de la part de nos institutions libres ? Ainsi, impolitique, inhumaine, d'ailleurs illusoire, cette défense de la mutualité contre la tuberculose par l'aggravation du contrôle des candidats n'est certainement pas la solution.

Faut-il donc désespérer et ne peut-on sortir du dilemne où le distingué secrétaire général de la Fédération mutualiste, M. Jean Hébrard, nous enferme [1] : « Ou ne plus recruter de membres, ou voir les ressources de la société absorbées presque totalement par des tuberculeux jeunes, nouvellement entrés dans les sociétés ? »

Déclarations des autorités mutualistes en faveur d'un changement de méthode. — La mutualité organisée n'a pas renoncé à répondre. A la Fédération, dans notre commission mutualiste de l'Alliance, dans les Congrès, à Paris comme en province, la même préoccupation retient les meilleurs esprits. Le dernier

[1] Réponses au questionnaire établi en vue du Congrès de Nantes de 1904

Congrès triennal mutualiste, celui de Nantes (mai 1904), a dû se saisir de la question.

« En Angleterre, a conclu le rapporteur, on préconise surtout la mise en état de défense de l'organisme humain (usage des sports) ; en Allemagne, on se préoccupe principalement de protéger le malade quand l'affection est déclarée (traitement dans les sanatoria) (¹).

» Le rapporteur fait adopter un moyen terme qu'il appelle le moyen français : dans sa conception, les *exercices physiques* seraient obligatoires dans les établissements publics d'instruction, et l'on conseillerait aux sociétés sportives, cercles post-scolaires, etc., d'en développer l'usage parmi leurs membres, afin de donner aux enfants un développement musculaire et organique susceptible d'augmenter leur force de résistance.

» Mais en dehors de ces mesures préventives, il y aura à se préoccuper de lutter contre le mal déclaré. L'orateur se montre hostile à l'hospitalisation, et lui préfère la *cure à domicile,* qui laisserait le malade aux soins de sa famille toutes les fois qu'il sera possible de lui offrir dans son milieu habituel des ressources lui permettant de faire face aux dépenses de médication, de suralimentation et d'hygiène.

» Le Congrès adopte encore, sur la proposition de M. Keller, un vœu tendant à obtenir que des mesures énergiques soient prises pour empêcher le développement de la tuberculose dans les *écoles.*

» Enfin, le Congrès a envisagé, *sans la trancher,* la question des *voies de moyens.* Il ne lui a pas paru possible ; en effet, de prendre, au moment même où tous les efforts de la science médicale se portent vers la recherche d'un traitement efficace de la tuberculose, la responsabilité de préconiser un système, au risque d'engager la mutualité dans des dépenses qui pourraient ne pas donner les résultats attendus » (²).

Bien incertaine encore est la solution esquissée dans ce texte. Pourtant on entrevoit déjà un désir de contribuer à la *préven-tion,* notamment en agissant sur l'*enfance,* et d'étendre l'assistance au milieu même où vit le mutualiste, à sa *famille,* ce qui est aussi faire de la prophylaxie.

En d'autres termes, disent les autorités mutualistes, changeons nos méthodes.

« Entrons, comme dit excellemment le président de la Fédération,

(¹) Après ce que nous avons dit de la politique sanitaire des caisses d'invalidité allemandes, cette formule paraîtra exagérée.
(²) *Avenir de la Mutualité,* 21 mai 1904.

Léopold Mabilleau (¹), dans la voie de la médecine préventive, infiniment plus humaine et moins coûteuse que la médecine curative... Ecarter ou enrayer la menace de la tuberculose chez un sociétaire débilité en le soumettant à un régime fortifiant comme nous l'avons vu faire à Lille, abonner la famille à un traitement prophylactique contre la contagion... cela vaut mieux sans doute et même cela coûte moins cher que de payer au tuberculeux une indemnité insuffisante et inutile pendant les années qu'il met à mourir, en laissant le foyer d'infection s'étendre autour de lui »:

De la prévention plus encore que de l'assistance, de la préservation plutôt que de la médication ! N'attendons plus que le mutualiste soit malade pour intervenir en sa faveur ! Faisons du médecin notre conseiller plus encore que notre « traitant », notre thérapeute, et, s'il se peut, intéressons-le à prévenir les maladies plutôt qu'à les soigner. Devenons, en un mot, une véritable assurance *contre* la maladie ! Voilà, sous ses aspects divers, la traduction de la préoccupation nouvelle. C'est ainsi que les mutualités conserveront le capital humain assuré auprès d'elles. Ce que la nation y gagnera, on le voit sans peine, mais la société de secours mutuels elle-même n'aura-t-elle pas par là-même prolongé la durée des cotisations de ses membres; n'aura-t-elle pas aussi assaini la famille et tout le milieu normal où se recruteront les membres nouveaux ? Et que de tristesses épargnées ou ajournées, que d'entrain, d'activité et de ressources conservés pour de nouveaux actes de solidarité !

Modification du rôle des médecins. — Ce changement général de méthode implique avant tout une modification du rôle des *médecins*. Il faut désormais à la mutualité des médecins qui soient des hygiénistes, des médecins qui sachent et puissent être des éducateurs. Le mode actuel — je ne parle pas du quantum — de leur rémunération est tel que les prier de faire bénévolement de l'hygiène, c'est les engager à renoncer d'avance aux clients qui les font vivre. Ce régime, qui provoque d'incessants conflits entre médecins et mutualistes (²), se caractérise, au

(¹) Léopold Mabilleau, *la Mutualité française,* éditée par l'*Avenir de la Mutualité,* Bordeaux, 1904.

(²) A quelques exceptions près, les caisses allemandes contre la maladie ont les

regard de la lutte contre la tuberculose, par l'intervention
tardive du médecin, par la médication et non par la prévention.

Le Dr Calmette a imaginé un système de participation des
médecins aux économies réalisées sur les dépenses de maladie ;
il ajoute que des médecins hygiénistes devraient être formés et
diplômés par l'Etat, et mis à la disposition des mutualités,
comme les médecins de la marine sont à la disposition de la
marine marchande. On objectera sans nul doute que cela
suppose la suppression du libre choix du médecin, auquel
tiennent la plupart des mutualistes dans tous les pays. Quoi
qu'il en soit, il y a lieu d'étudier de très près cette transforma-
tion du rôle des médecins.

A quelles difficultés, d'ailleurs, se heurteront les médecins
enquêteurs et éducateurs, dans les petites localités où sévissent
les querelles de partis et de personnes, parfois même les com-
pétitions entre sociétés ! Comment risquer des enquêtes, un
dépistage systématique des malades, une ingérence dans la vie
familiale ? Evidemment, nous sommes encore loin du but, et
l'éducation que nous réclamons sera longue.

Le dépistage et le triage des malades. — C'est dire que nous
n'avons pas à nous faire trop d'illusions sur l'organisation, entre
mutualistes, du premier service auquel doive penser une institution anti-tuberculeuse : le *dépistage* précoce des individus
menacés ou légèrement touchés. Théoriquement, rien n'est plus
facile que cette surveillance, entre mutualistes, avec un bon
médecin. Dans la pratique, il faut tenir compte des préjugés
d'adhérents qui répugnent à ces examens, et redoutent d'être
dénoncés comme des malades, d'être menacés dans leur gagne-
pain. Qu'on dise *tout* et surtout qu'on dise *vite* aux camarades
et au médecin, nous n'obtiendrons pas aisément qu'on le fasse.
A côté des mutualistes qui réclament pour des riens l'aide de la
société, il y a les travailleurs qui attendent et se négligent. Que
de mutualités, d'ailleurs, craindront de vexer, en insistant, des

_____

mêmes difficultés avec leurs médecins, et cette année encore, un Syndicat médical a
organisé une grève formidable des médecins dans un grand nombre de villes.

adhérents qui pourraient démissionner et passer à la société concurrente !

Le médecin mutualiste et les visiteurs auraient, il est vrai, des collaborateurs, si l'entente était réalisée avec les institutions spéciales de lutte antituberculeuse et même avec les institutions les plus diverses d'hygiène et d'assistance publique ou privée. Ce que ne verrait pas le médecin ou le contrôleur mutualiste, ce qu'il n'oserait même pas rechercher, d'autres œuvres ayant accès dans les familles le découvriraient peut-être.

Et de même, comme le médecin mutualiste ne peut tout faire et ne peut tout savoir, ne faut-il pas que d'autres institutions lui facilitent l'examen des crachats ? N'a-t il même pas intérêt, s'il veut faire tout son devoir, à solliciter sur les malades dépistés l'avis de confrères spécialistes, médecins de dispensaires antituberculeux ou de sanatoriums ? M. le professeur Landouzy insistait avec raison, au cours des entretiens de notre petite Commission mutualiste de l'Alliance, sur la nécessité d'une prompte *catégorisation* des malades, complément indispensable du dépistage.

Mais connaître nos tuberculeux, si malaisé que cela soit, c'est encore peu de chose. Les vraies difficultés commencent quand il s'agit d'assister ceux que l'on a « dépistés ».

Car enfin, sous couleur de changer nos méthodes et de viser surtout la préservation des membres encore sains, il ne saurait être question de renoncer à tenir les engagements pris à l'égard des sociétaires *actuels*. D'ailleurs, longtemps après que nous aurons commencé l'application du nouveau programme, il entrera encore dans les mutualités des candidats à la tuberculose ou même des tuberculeux avérés. Et, surtout, on ne doit pas oublier, d'une part, que c'est la présence du malade qui entrebâillera la porte de la famille et permettra d'agir sur les individus sains, et, d'autre part, que la première mesure d'hygiène antituberculeuse consiste à isoler les malades.

Quelles ressources va donc nous offrir l'armement antituberculeux actuel ?

3° **Les éléments actuels de l'armement antituberculeux français.**

L'isolement des tuberculeux avancés. — Nous avons maintenant, nous aurons encore plus tard dans nos rangs des tuberculeux avancés. Le médecin est d'avis, et peut-être le spécialiste du dispensaire voisin ou même le médecin d'un sanatorium qui a pris quelques jours ces malades en observation, qu'il s'agit de tuberculoses ouvertes, avec cavernes, crachats, fièvre, amaigrissement, que les chances de guérison sont nulles ou presque nulles, qu'il y a danger pour les camarades de travail au milieu desquels les malades se risquent parfois, et en tous cas que l'entourage immédiat est directement menacé. Il faudrait donc *isoler* ces malades; au surplus, n'y gagneraient-ils pas eux-mêmes une impression d'amélioration et du repos? Oui, il *faudrait* les isoler, mais *quand* le pourra-t-on, et au prix de quels sacrifices? Il ne suffit pas seulement d'une hospitalisation relativement coûteuse, il faut encore ôter au malade l'angoisse de savoir qu'il laisse sa famille sans ressource et sans appui. A nos yeux, *l'assistance publique doit intervenir,* au moins pour l'hospitalisation du malade, laissant tout au plus à la mutualité ou aux institutions libres de lutte antituberculeuse le souci de pourvoir, s'il y a lieu, aux besoins de la famille pendant le temps nécessaire pour la remettre en état de gain.

On sait que cette question préoccupe en ce moment nos administrations hospitalières. Sollicitées par le Gouvernement de créer des pavillons ou même des hospices spéciaux pour les tuberculeux avancés, elles semblent hésiter devant l'énormité du nombre *actuel* de ceux qui devraient bénéficier de ce secours et plus encore devant l'attitude probable des malades qui fuiraient ces maisons de mort.

Admettra-t-on que les mutualités puissent obliger leurs malades à subir l'hospitalisation, au moins à la façon des caisses allemandes? Je ne le crois pas. Peut-être l'assistance publique pourrait-elle, par la création de très nombreux et très petits asiles de tuberculeux, faciliter cet isolement sans lui donner

l'apparence d'un internement définitif et sans trop éloigner de
ses proches le malade ainsi pris en charge : la solution *norvé-
gienne* du problème est loin d'être parfaite ; elle nous mettrait
pourtant sur la voie (1).

Mais que nous sommes encore loin du but, loin de la formule
qui conciliera les exigences de l'hygiène et celles de la dignité
humaine! Pendant ce temps, nos tuberculeux meurent sans
secours, en crachant leurs bacilles dans le taudis où femmes et
enfants se contaminent. Tentons en hâte, du moins, ce qu'on a
nommé l'*isolement à domicile,* combiné avec l'éducation et
l'assistance de la famille : pis-aller dont nous reparlerons à
propos des dispensaires.

L'envoi au sanatorium. — Bien plus nombreux que ces incurables sont — et seront dans l'avenir, grâce à nos efforts pré-
ventifs — les curables, les convalescents suspects. Abandonnés à
eux-mêmes, comme aujourd'hui, ils reprennent trop tôt le travail
après une pleurésie, négligent une toux persistante qu'ils qua-
lifient au pis-aller de bronchite chronique et, s'ils ont la chance
de consulter un médecin qui leur fasse entrevoir virilement tout
l'avenir, refusent de se soigner à fond, de perdre leur gagne-pain
pour le bref et dérisoire secours qu'on leur offre. Ils revien-
dront, mais trop tard, épuisés et contagieux par surcroît.

Beaucoup (2) peut-être, pris à temps, guériraient spontanément, de la
guérison que l'on peut espérer, restant, comme dit le peuple, « délicats »,
mais en somme rendus à la vie, sans danger pour les autres. A quel prix ?
Au prix d'une rupture avec un mode de vie antihygiénique, et, au préalable, au prix d'un *long repos, assisté et surveillé.* Leur alimentation était peut-
être insuffisante, en tout cas irrationnelle ; l'air qu'ils respiraient d'habitude
était vicié ; le surmenage les avait épuisés : c'était une « santé à refaire » ;

_____

(1) La Norvège, en effet, ayant rendu obligatoire la déclaration de la tuberculose, a
cru devoir faire quelques sacrifices en faveur de ceux qu'elle rendait ainsi suspects.
L'État supporte donc les 2/5 des frais d'entretien des malades envoyés dans des asiles
créés par l'initiative privée et les autorités locales, chacun pour 6 ou 20 malades d'une
commune ou de quelques communes limitrophes. Les frais de premier établissement
et même les frais d'entretien sont relativement faibles, et en tout cas très inférieurs
aux dépenses qu'entraîne l'établissement d'un grand hospice. Les malades sont très
surveillés, mais peuvent sortir.

(2) Extrait de notre Communication à la Société de médecine publique, déjà citée.

en tous cas une éducation à tenter. Or, non seulement les ressources des ouvriers malades ne leur permettent pas un coûteux séjour de repos au grand air, mais encore une discipline leur est nécessaire, quelque temps du moins.

Nous laissons au *sanatorium* toute sa place, et rien que sa place, en tête des mesures qui, assurant aux malades légèrement atteints quelques chances de guérison spontanée et leur donnant en outre une éducation hygiénique méthodique, offrent aussi l'avantage immédiat d'écarter du milieu familial ou social des personnes bientôt contagieuses. Il n'est point de l'essence de l'assistance sanatoriale d'être luxueuse et des exagérations éclatantes ne prouveraient encore rien contre le principe. Qu'on débaptise l'institution, si l'on veut. Ce que, sous le nom que l'on voudra, de bons esprits demandent d'assurer au peuple, parce que le désarroi du tuberculeux qui voudrait vivre afflige et révolte, c'est ce repos, cette aération, cette nourriture, que les plus zélés adversaires du sanatorium s'assurent à eux-mêmes, ou assurent à leurs proches, par un abandon des soucis de la grande ville et du gagne-pain, de l'air vicié et fumeux de nos cités du Nord, de l'alimentation irrationnelle des civilisés. Qu'a-t-on donné aux ouvriers, qui ressemble à nos stations de repos du Midi ? Et ce que l'on demande aussi, c'est que ce repos, cette aération, ce confort, soient assurés dans des conditions de régularité et de méthode que réalisera bien rarement le séjour libre dans une ferme ou dans une ville d'hivernage. La présence d'un médecin est, à cet égard, presque indispensable ; lui seul peut utilement prévenir les négligences, faire varier le régime, surveiller l'alimentation, surtout quand il s'agit d'individus jusque-là ignorants de toute règle d'hygiène.

Cet enseignement n'est pas le moins utile résultat des repos sous surveillance médicale. Ceux qui ont vu sans parti-pris, en Allemagne, fonctionner les sanatoriums populaires, ceux qui ont vu aussi de près, année par année, dans ce pays, les milieux ouvriers les plus divers, peuvent témoigner que le sanatorium, par la rupture avec le reste de la vie, par l'excès même un peu solennel des précautions et de la régularité qu'il impose à ses pensionnaires, par l'enseignement quotidien donné au tuberculeux, avec son propre corps pour champ d'expériences, a énormément contribué à avertir la population ouvrière. Rentré chez lui, à l'atelier, l'ex-pensionnaire devient, non sans pédantisme et sans acrimonie parfois, un instituteur d'hygiène.

Du reste, ajoutions-nous, il ne saurait être question en France d'élever de vrais sanatoriums en nombre suffisant pour y assister tous les tuberculeux légèrement atteints, car l'argent manque. Sans les prêts des caisses régionales d'assurance contre l'invalidité, les sanatoriums ne seraient pas plus nombreux en Allemagne qu'en France, simples échantillons d'un mode nouveau d'assistance et d'éducation sanitaire. Il est douteux, si une loi générale sur les retraites aboutit, et si elle marche, comme nous disons, en capitalisation, que les capitaux représentatifs des rentes soient même en faible partie laissés à notre disposition : les traditions du ministère des

Finances risquent d'être les plus fortes. Quant aux interventions des départements et communes, quant aux subventions du pari mutuel, elles ne sauraient prendre un grand développement. Enfin, la bienfaisance, malgré quelques exemples intéressants, n'est pas en mesure de fournir les capitaux considérables qu'exigerait la généralisation de ce mode d'intervention ; il faut se résigner à la faire agir en faveur d'œuvres plus souples, plus locales, plus individuelles.

Là encore, par conséquent, nous ne devons pas prendre nos désirs pour des réalités prochaines. Du moins, faisons déjà quelque chose pour la grande masse des fatigués et des convalescents, si souvent ignorés aujourd'hui. Que n'ont-ils leurs séjours de repos, leurs maisons de campagne ? Pourquoi même, dans certains endroits, des mutualistes n'accepteraient-ils pas en pension des collègues ayant besoin de repos ? Quand le professeur Grancher envoie à la campagne, chez des paysans, les enfants encore indemnes de tuberculeux qui les contaminent, quand le docteur Letulle envoie dans des maisons de campagne, sous une surveillance toute maternelle, les jeunes ouvrières convalescentes ou délicates que lui adressent les maisons de couture parisiennes, n'ont-ils pas indiqué à d'autres une modeste, simple et peu coûteuse formule ?

Malheureusement, ce repos ne répond pas à toutes les exigences. Toute une catégorie de tuberculeux encore curables, justiciables du sanatorium, se trouverait mal d'un séjour si mal surveillé. Le docteur Calmette a renoncé lui-même à cet envoi dans des familles à la campagne : les malades n'obéissent plus aux règles des médecins, les paysans les alimentent mal ; d'ailleurs, beaucoup de villages protestent contre l'admission des tuberculeux, dans l'intérêt... des bœufs.

« Les indigents, conclut le docteur Calmette, ne peuvent être soignés efficacement et sans dangers pour le milieu extérieur que dans des établissements appropriés, c'est-à-dire dans des sanatoriums munis de tout ce qui est nécessaire pour assurer aux malades l'éducation hygiénique rigoureuse, la cure d'air, de repos, de suralimentation, et aussi la désinfection parfaite... A défaut de ces sanatoriums, il vaut encore mieux laisser les malades pauvres chez eux, on peut ainsi les surveiller et leur venir en aide plus efficacement ».

De grosses difficultés subsistent d'ailleurs. Il faut d'abord *assister la famille*, que le très long repos du chef ou du fils réduirait peut-être à la misère. Ici encore, nous devrons en appeler au dispensaire, secondé par les bureaux de bienfaisance qui ne peuvent rester indifférents à cette œuvre de sauvetage. Le Dr Calmette, il est vrai, ne se contente pas de cet à-peu-près. Sur ses conseils, la Ligue antituberculeuse du Nord, avec les capitaux qui lui ont été fournis par une grande loterie, construit en ce moment à Montigny un *sanatorium familial*. Elle ne conserve du sanatorium ordinaire que le pavillon commun (une vingtaine de lits) indispensable pour les célibataires, et construit dans le domaine, en plein bois, une série de petites maisons, spacieuses, hygiéniques, qu'habiteront des familles entières ; chaque malade disposera d'une véranda où il fera sa cure d'air et d'une chambre à coucher ; le reste sera aussi simple que les logements habituels de la population ouvrière du Nord. La famille pourra rester là de longs mois, car elle travaillera ; des ateliers lui seront ouverts et, dans une certaine mesure, on peut dire qu'elle paiera son loyer. Les villas de santé ! Quelle ingénieuse application de cette vieille idée qui nous hante tous : la vie des villes est factice, et le contact avec la terre ne devrait point se perdre. Voilà, sans nul doute, une solution ingénieuse. Le sanatorié reste longtemps en traitement, sa famille travaille, et, s'il se rétablit, il n'a pas perdu tout gagne-pain. Il n'en reste pas moins, pour les tuberculeux ou convalescents hospitalisés, que *le lendemain* est à redouter. Que va-t-il devenir, cet individu qui a perdu sa place, à qui le médecin interdit sans doute de retourner au travail ancien, de revivre dans le même taudis, de recommencer la même vie ? Un moment fortifié, attentif aux règles d'hygiène, il cherchera du travail ; en attendant le gagne-pain idéal, il prendra n'importe quoi ; la plupart des patrons refuseront d'ailleurs de l'employer, car il ne saura pas de métier nouveau ou devra dire qu'il a été longtemps malade ; la misère hantera de nouveau le logis, et les soucis, peut-être un jour de nouveau l'alcool consolateur, rouvriront les portes toutes grandes à la maladie un moment repoussée. Si donc ce malade, heureux élu, a pu profiter d'une des rares places offertes au sanatorium ou à la cure d'air, quelle qu'elle soit, redoutons pour lui le lendemain.

Pour lui encore, nous devrons en appeler à de plus modestes institutions, aux dispensaires.

Le dispensaire, moyen d'assistance familiale et d'éducation. — Incurables qu'on ne peut isoler dans des hospices spéciaux, curables pour qui l'on ne dispose pas de place en sanatorium et pour qui l'on redoute néanmoins une cure d'air non surveillée, sanatoriés qui restent toujours un peu des « suspects » et doivent craindre un retour agressif de la maladie, tous ceux-là — et qu'ils sont nombreux ! — nous venons de voir qu'il faut se résigner à les adresser au dispensaire.

Le dispensaire antituberculeux est en effet, dans l'état actuel de notre armement antituberculeux, le collaborateur « par excellence » du médecin populaire. Est-il bien utile de rappeler ici le mode de fonctionnement de l'admirable institution d'hygiène sociale décrite dès 1899 à la Commission de la tuberculose par le docteur Calmette et réalisée depuis lors à Lille par lui-même, dans maintes villes de Belgique, puis dans diverses villes de France par ses imitateurs ? Le dispensaire du type Calmette, mieux que tout service général d'assistance médicale ou que les bureaux de bienfaisance ou que les bureaux d'hygiène, permet d'effectuer le dépistage et le triage des tuberculeux, de leur assurer l'assistance dans leur famille, enfin de faire de la prophylaxie.

A lui viennent de partout, envoyés par toutes les autres institutions, les individus qui se croient ou que l'on croit touchés ; et, à son tour, il peut les diriger vers tel hôpital, tel sanatorium, tel bureau de bienfaisance ou société privée de secours ou de placement. Ce qu'il ne peut faire, d'autres institutions le font, selon qu'il les en prie. Il ne se substitue à aucune, il les complète toutes. L'assistance et l'hygiène municipales rejoignent en lui la bienfaisance privée et le secours mutuel. Il ne se substitue même pas aux médecins, car il ne médicamente pas et ne peut se confondre avec les dispensaires purement médicaux.

C'est à lui déjà qu'on pourra recourir pour réaliser au mieux l'isolement des *tuberculeux avancés,* dans leur propre famille, ce qui comprend toute une série de mesures d'assistance et de prophylaxie : désinfecter le logement ; — si possible, l'organiser de telle façon que le malade ne couche pas avec les membres encore sains de la famille ; — au besoin fournir un lit, et même, si cela devient indispensable, faire emménager la famille dans un local mieux disposé, quitte à l'aider de subsides ; — en tous cas donner des crachoirs ; — procéder au nettoyage du linge dans la buanderie du dispensaire, etc. ; — encourager d'ailleurs le malade, par quelque assistance, à observer les prescriptions destinées à sauvegarder le reste de la famille ; — l'entretenir enfin dans cette idée qu'en ne répandant pas autour de lui le bacille, c'est lui-même qu'il préserve de la réinfection.

Mais l'effort principal du dispensaire se porte naturellement sur l'éducation et l'assistance des « moins malades entre les plus pauvres », tuberculeux encore améliorables qui seraient justiciables du sanatorium, s'il y en avait eu à leur disposition, ou tuberculeux qui en sortent améliorés. En même temps, si ses ressources le lui permettent, il assiste la famille des hospitalisés ou du moins s'entremet en leur faveur auprès des autres institutions d'assistance.

Ainsi, le dispensaire projette son influence protectrice sur autant de familles, sur une quantité d'êtres *encore sains,* qu'il *préserve.* Instrument d'éducation antituberculeuse et non pas instrument de cure, le dispensaire Calmette semble en vérité pratiquer l'assistance comme un moyen d'aboutir à l'éducation ; il donne, parce qu'il ne peut retenir, persuader, surveiller qu'au prix d'un secours ; et, par delà le tuberculeux qu'il espère améliorer, on voit qu'il vise les membres sains de la famille, les enfants, la femme, qu'il s'agit de mettre en garde contre leur propre négligence et de préserver de la contagion.

L'instruction qui est remise au tuberculeux contient déjà des conseils ; mais, ce qui vaut mieux encore :

« Elle est commentée (dit le Dr Calmette) au domicile même du malade par l'*assistant* qui a ainsi la charge d'instruire l'entourage des précautions à prendre pour éviter la contagion. L'assistant visitera le malade environ une fois par semaine, à l'improviste, pour s'assurer que les conseils donnés sont exactement suivis et que les bons d'assistance sont organisés comme ils doivent l'être au cours de ces visites; il recommandera à la ménagère de ne jamais nettoyer à sec, il lui apprendra à régler l'aération de la chambre, il lui indique les précautions à prendre pour la lessive du linge. Il expliquera au malade qu'il ne doit jamais cracher par terre *dans son propre intérêt,* etc. » (1).

« Nous sommes de plus en plus convaincus (dit de son côté le très distingué médecin du dispensaire, le docteur Verhaeghe, dans son rapport sur 1903) que, dans les milieux ouvriers, la propagande antituberculeuse ne saurait être efficace que si l'on reste en contact permanent avec le malade et avec son entourage. La *continuité de l'éducation* est un élément indispensable du succès, et celle-ci ne peut être assurée que par le concours de moniteurs d'hygiène choisis dans le peuple, au sein des mêmes groupes sociaux que fréquente le malade ».

En quoi consiste l'assistance accordée par le dispensaire, et quel en est le coût? Le docteur Calmette disait en 1901 que ces secours devaient comprendre :

Le loyer, soit en moyenne **12 francs** par mois ; des bons d'aliments représentant pour le malade seul **2 francs** par jour, et **0 fr. 50** de supplément pour chaque membre de la famille condamnée au chômage par la maladie de son chef; le blanchissage gratuit du linge, évalué à **1 franc** par mois ; la fourniture du charbon pour le chauffage et la cuisine, **4 francs** par mois ; l'entretien de la literie et les vêtements, **3 francs** par mois, soit au total **80 francs** par malade assisté et par mois.

A l'heure actuelle, ajoute le même rapport, la distribution de tous les secours se fait par les soins du Dispensaire au domicile même des tuberculeux.

Voici comment nous procédons depuis le mois de mars 1903 :

La remise des bons aux assistés a lieu au Dispensaire, à deux heures de

(1) Les dispensaires antituberculeux et leur rôle dans la lutte contre la tuberculose, la *Presse médicale,* 20 juillet 1901.

l'après-midi, le 30 ou 31 de chaque mois, ou la veille, si le 30 ou le 31 du mois est un jour férié.

Nous avons limité l'assistance au *loyer,* au *charbon,* à la *viande,* au *lait* et aux *œufs.* Exceptionnellement, nous délivrons des bons de pain, mais le pain est, semble-t-il, le secours qui s'obtienne le plus facilement des autres œuvres d'assistance ou de la charité privée, et nous pensons qu'il est infiniment préférable de procurer à nos malades des aliments plus rarement donnés ou plus chers, tels que les œufs par exemple.

Les bons de *loyer* doivent être remis aux propriétaires de l'immeuble habité par le malade ou aux locataires principaux, qui viennent eux-mêmes au Dispensaire, munis de ces bons et d'un reçu acquitté, recevoir le montant de leurs loyers.

Les bons de *lait* et d'*œufs* sont échangés, immédiatement après leur délivrance, au Dispensaire, contre des jetons en cuivre, 30 ou 31, suivant le nombre de jours du mois. Les malades remettent ensuite, chaque matin, l'un de ces jetons au distributeur chargé de leur livrer à domicile un litre de lait et deux œufs. A son retour, le distributeur doit présenter au contrôle autant de jetons de cuivre qu'il a eu de malades à servir : la vérification devient ainsi des plus aisées.

Le contrôle de la qualité du lait s'effectue à la fois avant le départ pour la distribution et en cours de route. Des échantillons sont prélevés de temps à autre à des endroits variables de l'itinéraire suivi par le distributeur et sont soumis ensuite à l'analyse. Les résultats de cette analyse doivent concorder avec ceux de l'analyse effectuée à l'aide des échantillons prélevés à l'arrivée du lait à la ferme.

Les bons de viande sont conservés par les bénéficiaires auxquels il est fait chaque semaine à domicile deux livraisons de viande à raison d'une livre par livraison (viande de bœuf, aloyau ou côte sans os). A chaque livraison, le malade présente son bon au distributeur qui y appose un cachet de contrôle. Le bon doit donc porter huit cachets et l'enquêteur du Dispensaire en vérifie le nombre à la fin du mois, lorsque tous les bons ont été rendus.

Les bons de charbon demeurent également entre les mains des bénéficiaires jusqu'au jour où notre commissionnaire leur livre la quantité de charbon indiquée, cent kilos par mois. La distribution a lieu à une date fixée par voie d'affiche aux intéressés, au moment où ils viennent au Dispensaire recevoir leurs bons d'assistance. Au jour dit, l'enquêteur du Dispensaire se rend chez le fournisseur, assiste à la pesée des sacs et accompagne ensuite le livreur dans sa tournée chez nos différents malades (¹).

(¹) En outre, le Dispensaire donne des objets de literie aux assistés qui en ont le plus besoin, et surtout, il fait le nettoyage antiseptique du linge de tous. Dans une buanderie installée dans le Dispensaire de Lille et qui a coûté, je crois, une douzaine de mille francs, on reçoit le linge dans des sacs numérotés, on les trempe avec leur contenu dans une solution antiseptique, on les traite mécaniquement, et le linge;

L'action sur le logement et l'hygiène générale. — Par le dispensaire, nous pouvons encore assainir le logement. Le taudis n'est-il pas le grand coupable ? Plusieurs caisses allemandes ont fait à cet égard des constatations déplorables : la plupart de leurs tuberculeux habitaient des logements malsains et beaucoup partageaient leur lit avec d'autres membres de la famille. M. Lalance, au dispensaire de la rue Boursault (Paris), constate que ce sont toujours les mêmes « maisons pourries » qui lui

une fois séché à la vapeur, est remis dans les sacs qui ont subi le même traitement.

Voici, d'autre part, le dernier relevé des comptes du Dispensaire de Lille (1903) :

a) APPOINTEMENTS :

Service médical : 4 médecins dont 1 Directeur ....F.	3.148 75		
Service d'enquête et d'assainissement des logements.......................	2.100 »		
Service intérieur : Propreté, distribution, administration.....................	2.240 »	7.488 75	
b) Imprimés..............................	743 05		
Chauffage et éclairage...................	225 45		
Assurances, entretien du bâtiment, divers.	1.799 60		
Entretien d'un cheval....................	1.000 »		
Matériel (achat et entretien).............	504 80	4.272 90	
c) Désinfection et blanchissage	1.612 20		
Crachoirs antiseptiques	327 20	1.939 40	13.701 05

ASSISTANCE :

Pain..F.	219 40	
Lait..	9.014 »	
Viande..	3.979 75	
Repas...	52 80	
Literie et vêtements.................................	83 10	
Secours de loyer.....................................	2.046 50	
Charbon...	1.204 80	
Envoi d'enfants au sanatorium de Saint-Pol-sur-Mer...	451 45	
Œufs..	7.097 55	24.149 35
		37.850 40

« L'assistance nous a donc coûté 24.149 fr. 35, au lieu de 14.129 fr. dépensés en 1902. Mais nous avons secouru, pour cette somme, 347 familles, au lieu de 178, chacune pendant une période de trois mois. Nous renonçons à établir des moyennes et des prix de revient par famille. L'intérêt en est médiocre, et ces moyennes, si précises soient-elles, ne prouvent pas toujours ce qu'elles semblent vouloir prouver ».

Fuster   3 envoient des malades. La différence de mortalité tuberculeuse entre les maisons ouvrières salubres, construites par les Sociétés d'habitations à bon marché, et les casernes locatives, ressort avec éclat de diverses statistiques, établies notamment au Havre. Or le dispensaire, par ses propres ressources, ou en s'abouchant avec les autres institutions, peut faciliter le déménagement. Bien mieux, l'infatigable docteur Calmette, d'accord avec l'éminent directeur de l'assurance sociale au Ministère du commerce, M. Paulet, agit auprès de la Caisse d'épargne de Lille pour qu'elle prête des capitaux à une Société de construction constituée par M. Calmette et ses amis ; cette Société construirait une cité hygiénique dont le dispensaire serait aussitôt locataire, afin d'y loger tous ceux de ses assistés dont le logement ne serait pas améliorable.

En attendant mieux, la désinfection s'impose et le dispensaire peut l'organiser, comme à Lille. Il suffit aux dispensaires de la province belge du Hainaut d'une seule étuve locomobile pour assurer la désinfection dans toute une région, dans les villages par exemple. Ailleurs, comme à Paris, il n'est même pas nécessaire de recourir à cet intermédiaire, et le docteur A.-J. Martin a vivement intéressé les membres de notre commission mutualiste en leur décrivant l'organisation simple et discrète de son service de désinfection ; « il suffit de nous écrire, même anonymement, concluait-il, pour que nous assainissions le logement de tout malade que vous nous désignerez ».

Sans bains-douches, cette œuvre de préservation de la famille serait incomplète, et, à côté des œuvres spéciales du type Cazalet, voici le dispensaire de Lille qui installe lui-même à côté de sa buanderie deux premières cellules.

Enfin les jardins populaires, et en particulier les jardins ouvriers, chers à nos collègues M. l'abbé Lemire et M. le D᷊ Lancry, sont à nos yeux des annexes indispensables des dispensaires. Complétés par une assistance alimentaire, ils permettent de faire bénéficier d'une véritable cure d'air tous ceux qui ont besoin de repos et de soins tout en restant dans leur famille, et, spécialement, ils viennent à propos fortifier les enfants qu'on ne peut envoyer au loin.

L'action sur l'enfance. — Les *enfants!* C'est, si l'on peut dire, la spécialité de la France. Il ne s'agit pas seulement d'enlever aux familles tuberculeuses, comme le fait le professeur Grancher, les enfants encore indemnes, ni de traiter, dans les hôpitaux marins et sanatoriums d'enfants, les petits déjà touchés. Tout est bon, peut-on dire, depuis les institutions de protection des femmes enceintes et des nourrissons jusqu'à celles qui protègent l'enfance scolaire ou l'adolescence. Ici, la mutualité se retrouve davantage chez elle. Par la *mutualité maternelle,* associée aux consultations de nourrissons et gouttes de lait, elle nous donne une première enfance plus résistante. Puis, elle retrouve ces petits dans les *mutuelles scolaires.* Quel merveilleux champ d'observation et de préservation que celui-là ! Si, comme le réclament tant de mutualistes de marque, de M. Cheysson à M. Keller, la mutualité française s'orientait résolument vers l'organisation familiale, vers la *mutualité familiale,* elle n'aurait pas assez d'attention pour ces petits qui, non seulement sont « de la graine de mutualistes », mais, en outre, auront plus tard la santé que leur auront faite les premières années. La mutualité s'intéresserait alors davantage à l'organisation des jardins ouvriers, des colonies de vacances, des cantines scolaires, à l'hygiène de l'école; elle agirait parfois directement, le plus souvent indirectement; ici, retrouvant l'appui des dispensaires, là, s'entendant directement avec d'autres œuvres.

Car rien n'est inutile dans l'armement antituberculeux, et tout ce qui peut améliorer la vie de la famille entière, bénéficie aux institutions mutualistes. Tout le vaste et nouveau domaine de l'hygiène sociale s'ouvre devant elles, si elles veulent, délibérément, y entrer avec les savants qui l'en sollicitent.

Dans ce domaine, il reste beaucoup, il reste presque tout à faire. Certaines parties de l'armement antituberculeux français n'existent qu'à l'état d'échantillon; aucune, à l'exception peut-être des hôpitaux d'enfants, n'a pris son plein développement. Il faut avoir la franchise de l'avouer : la faute en est un peu aux associations populaires qui avaient, devant l'opinion, accepté ou même revendiqué la responsabilité de faire l'assurance contre la maladie. Elles n'ont, jusqu'à ce jour, rien ou presque rien tenté, et à côté d'elles, l'assistance publique et la bienfaisance privée n'ont fait que des essais. Il est vrai que nos mutualités sont jeunes encore. A tout le moins, elles seraient mal venues aujourd'hui à rendre seuls responsables de ce retard les hygiénistes ou les pouvoirs publics, à se retrancher par exemple, pour expliquer leur inaction, derrière les discussions médicales sur la valeur du sanatorium. Les institutions d'assurance mutuelle allemandes sont intervenues jadis, librement, diversement, mais généreusement, et, *précisément parce qu'elles sont intervenues,* les hygiénistes, l'assistance publique, les municipalités, les œuvres de bienfaisance ont pu aborder une à une toutes les difficultés, sérier les problèmes et les résoudre par la pratique. Elles ont maintenant à leur disposition « tout ce qu'il faut » pour chasser la tuberculose du foyer populaire. Mais ce « tout ce qu'il faut » n'existerait pas plus qu'en France, si les caisses n'avaient, sans attendre la fin de discussions qui durent encore, risqué les réformes audacieuses, offert un milieu et des ressources pour tenter en grand l'éducation et l'assistance des tuberculeux. Et la nation allemande tout entière leur en sait gré.

Les mutualistes français ne voudront pas davantage faire aveu d'impuissance, et si peu encourageante que soit cette revue de nos forces antituberculeuses, ils voudront par devoir comme par intérêt contribuer à les accroître.

4° Les voies et moyens. La réassurance antituberculeuse à l'exemple de la Belgique.

Que leur demande-t-on, en somme? Un milieu d'abord. La mutualité française a déjà des millions d'adhérents répartis en petites sociétés où l'éducation mutuelle se fera mieux que par-

tout ailleurs ; elle a les enfants, le milieu par excellence sur
lequel s'exercera la prophylaxie; elle a des éducateurs de premier ordre, des propagandistes exercés, des dépisteurs qui
enverront aux institutions protectrices bien des malades intéressants appartenant aux classes laborieuses.

Et si la partie la plus pauvre, par conséquent la plus mena-
cée, la plus dangereuse de la population, reste encore en dehors
du secours mutuel, on peut espérer qu'elle sera peu à peu
gagnée et qu'en tous cas l'assistance publique et la bienfaisance
privée sauront protéger directement ces indigents.

Seulement, la propagande ne suffit pas et l'hygiène sociale,
nous l'avons vu, doit être en quelque sorte véhiculée par l'assistance.

Il faut donc de l'argent. Or l'assurance mutuelle est créa-
trice de ressources, disions-nous. Mais il faut distinguer. Il n'est
pas question, pour la grande majorité des sociétés françaises, de
consacrer directement leurs ressources à l'établissement de sanatoriums ou même de dispensaires, ou à la construction de maisons salubres. Aussi bien, les caisses allemandes *de maladie,* à
très peu d'exceptions près, s'abstiennent d'engager ainsi leurs
fonds. Elles vivent, comme les sociétés françaises, au jour le
jour (en répartition) et leurs réserves mêmes doivent rester toujours disponibles. C'est, à proprement parler, l'assurance-
retraites qui (marchant en capitalisation) peut fournir les capitaux nécessaires ; on a vu qu'elle y a intérêt, et, théoriquement,
rien n'empêcherait de même les institutions françaises qui font
déjà le service des retraites d'âge ou d'invalidité, ou celles que
la loi projetée chargerait de ce service, d'effectuer des placements sociaux. Théoriquement, ai-je dit : car il ne faut pas se
faire trop d'illusions sur la liberté d'emploi des fonds qui est
ou sera laissée aux caisses de retraites de tout ordre, et sur
l'empressement que mettront notamment les caisses d'État à
subventionner les sociétés antituberculeuses ou même les sociétés d'habitations à bon marché.

D'ailleurs, nous n'en sommes pas là. Je ne puis qu'exprimer

le vœu que les fonds déposés par la mutualité dans les caisses de l'État fassent l'objet de placements sociaux à intérêt, ce qui exclurait les subventions mais profiterait aux sociétés d'habitation. Mais un effort immédiat et plus modeste est possible, dans les cadres de la mutualité actuelle, avec les ressources mêmes *du service de maladie* et les *fonds libres,* à une double condition : *l'entente entre les sociétés en vue d'un service de réassurance antituberculeuse, et l'entente de la mutualité ainsi organisée avec les œuvres spéciales de lutte antituberculeuse, telles que les dispensaires.*

Unions et caisses de réassurance. — L'entente entre sociétés de secours mutuels, vos Unions la réalisent. Elles peuvent faire, en respectant l'autonomie des sociétés, ce que l'Allemagne a obtenu par la fusion des caisses entre elles (comme à Leipzig). La loi ne prévoit-elle pas l'organisation, par leurs soins, de pharmacies mutualistes? Des dispensaires (généraux) n'ont-ils pas été créés par elles çà et là? Elles pourrait même organiser de ces offices de placement qui, pour le dire en passant, rendraient de bien grands services aux tuberculeux rétablis. Les théoriciens de la mutualité proclament que la lutte antituberculeuse est l'un des modes d'action réservés aux Unions. Voyez cette *Union des Sociétés d'instituteurs* dont M. Leune vient de parler d'une façon si chaleureuse et persuasive! Elle a donné un précieux exemple : si elle n'a pas consacré des capitaux — qui lui manquent, je pense — à construire un sanatorium, elle a du moins offert aux pouvoirs publics assez de garanties pour que l'autorisation d'émettre une loterie nationale lui ait été accordée. A côté d'elles, comme pour compléter le modèle, des sociétés locales se sont constituées, pour contribuer à l'entretien de dispensaires où pour organiser des consultations ambulantes et, en même temps, suivant l'importance des cotisations perçues, pour s'assurer dans un sanatorium privé un ou plusieurs lits. D'autres groupements corporatifs s'organisent de la sorte : chemins de fer, postes et télégraphes.

Les conditions ne sont pas toujours aussi favorables. Ces

grandes institutions restent l'exception. Mais pour celles qui
sont la majorité, petites sociétés locales, s'offre, à peine plus
compliqué, le procédé de la réassurance ; et je voudrais montrer ensuite que grandes sociétés ou caisses de réassurance ont
intérêt à s'entendre avec des œuvres spéciales d'hygiène sociale.

Extension, prolongement des services mutualistes au-delà
des limites de la société particulière, la réassurance, moyennant
une surprime légère, assure tous les membres des diverses
sociétés coalisées contre le risque des maladies de longue durée
ou d'exceptionnelle gravité (¹). Cette opération qui « devrait
être et tend à devenir la première fonction des Unions et qui
donne lieu à la création d'une œuvre spéciale, la *Caisse de réassurance*, administrée comme une société ordinaire », peut
évidemment s'organiser en vue d'un but spécial, pour répondre
à des besoins locaux, sans nécessairement avoir pour circonscription la circonscription même de l'Union. Sous cette réserve,
on peut parler indifféremment ici d'union ou de caisse de réassurance, de la partie ou du tout.

Les sociétés font donc *adhésion collective* à cette caisse
(M. Hébrard (²) insiste fortement sur la nécessité de faire ainsi
adhérer les sociétés et non les individus). Celles qui ne veulent
ou ne peuvent demander de cotisations spéciales en vue de ce
service, pourront se borner à prélever sur leurs excédents de
recettes, au lieu de verser ceux-ci en totalité au fonds commun
des retraites, la cotisation collective, proportionnelle au nombre
de leurs membres, que leur demande la caisse de réassurance
(actuellement entre 10 et 20 centimes par an et par mutualiste).
Il faut, dit M. Hébrard, que le développement des services, les
améliorations administratives, la création de pharmacies, etc.,
créent des disponibilités qui servent à l'extension du service de
maladie, sans cotisations nouvelles. Évidemment le souvenir
des hautes cotisations allemandes peut nous poursuivre, mais

(¹) Mabilleau, *La mutualité française*, éditée par l'Avenir de la mutualité, Bordeaux, 1904.

(²) Hébrard, *Guide manuel de la mutualité française*, Idem.

du moins tirons des cotisations françaises actuelles tout le parti
qu'on peut en tirer.

Il existe en France au moins 26 caisses de réassurance :
la plus connue est celle de Reims, qui tendait à devenir, dit
M. Hébrard, une véritable caisse d'invalidité, ce qui n'est point
pour me déplaire, je l'avoue. Mais il ne semble pas qu'une
seule de ces caisses ait en vue, soit exclusivement, soit à côté
d'autres services, la lutte antituberculeuse.

Et cependant un exemple, intéressant dans sa modestie, nous
est donné par une nation qui a les mêmes mœurs mutualistes,
la Belgique :

La réassurance antituberculeuse en Belgique. — « Nous serions
heureux si, *à l'instar de la France,* la Belgique fédérait ses
mutualités en une vaste association, guidant, dirigeant leurs
forces réunies contre la *tuberculose,* leur plus implacable ennemi
et fondant, entretenant des établissements où les mutualistes
seraient soignés avec profit pour eux et pour les sociétés ». Voilà
un témoignage d'admiration dont nous risquons d'être plutôt
confus, car la Belgique nous devance. Depuis longtemps, les
sociétés belges, nombreuses et morcelées, se plaignent de
l'excessive morbidité tuberculeuse qui sévit, si l'on peut dire,
aux portes de la mutualité et qui y entre même par surprise ou
y naît par la suite. « Le Congrès de 1901, continue le docteur
Lefèvre, adopta à l'unanimité un important ordre du jour, dans
lequel on engageait toutes les sociétés de prévoyance à s'affilier
à la *Ligue nationale contre la tuberculose ;* on demandait l'affi-
chage, dans tous les locaux de travail, d'écriteaux défendant de
cracher par terre, ainsi que le placement de crachoirs dans tous
les lieux publics ; on réclamait le nettoyage humide, obligatoire
et périodique des parquets et du mobilier de tous les locaux de
travailleurs tant intellectuels que manuels, et, en même temps,
la ventilation abondante de ces locaux ; on préconisait la distribution aux employés et ouvriers de brochures renfermant des
instructions sommaires sur la tuberculose, ses dangers et les
moyens de la combattre, ainsi que l'organisation de conférences

données par des médecins aux sociétés mutualistes; enfin ou faisait ressortir la nécessité de la création de dispensaires et de sanatoriums ».

Mais, encore une fois, il ne suffit pas d'éduquer, il faut assister. C'est à la *Fédération neutre des sociétés de secours mutuels d'Anvers et ses faubourgs* que revient l'honneur d'avoir fondé la première caisse de réassurance pour les secours aux mutualistes tuberculeux. Le 13 avril 1902 la caisse était créée. Voici le texte de ses statuts :

ARTICLE PREMIER. — Il a été constitué le 13 avril 1902, au sein de la Fédération neutre des Sociétés de secours mutuels d'Anvers et ses faubourgs, une fondation spéciale sous le titre de « *Caisse fédérale de secours pour tuberculeux* » ayant pour but d'allouer un secours extraordinaire aux tuberculeux qui feraient partie des Sociétés affiliées à ladite Fédération.

ART. 2. — Ce secours peut être alloué sous des formes variables, soit en nature, soit en espèces, selon les circonstances et les besoins du malade.

ART. 3. — La Fondation se compose :

1° De toutes les Sociétés affiliées à la Fédération qui paieront régulièrement la cotisation spéciale établie par les statuts ;

2° Des membres protecteurs.

ART. 4. — Membres protecteurs sont ceux qui, par leurs conseils et leur intervention pécuniaire, contribuent à la prospérité de la Fondation sans participer à ses avantages. Ils ne sont pas obligés de faire partie d'une Société affiliée. Ils s'engagent individuellement à une cotisation annuelle minimum de 5 francs et ne peuvent faire partie du Conseil d'administration qu'à condition d'être délégué d'une Société affiliée, dont ils seraient membres.

ART. 5. — La Fondation n'accepte que les Sociétés affiliées à la Fédération, lesquelles, si elles désirent faire partie de la Fondation, en aviseront par écrit le Conseil d'administration, en joignant à leur avis une liste complète de leurs membres avec indication de domicile.

ART. 6. — La Société affiliée s'engage à se conformer aux prescriptions statutaires et réglementaires de la Fondation, et à payer une *cotisation annuelle de 60 centimes par membre*, payables par anticipation par des paiements mensuels, semestriels ou annuels.

ART. 7. — Elle s'engage à tenir la Fondation régulièrement au courant des changements qui se produiraient parmi ses membres, tels que : changements de domicile, démissions ou exclusions de membres ou adoptions de nouveaux membres, etc.

Le dommage qui résulterait pour ses membres du fait d'avoir négligé de remplir les susdits engagements, tombera à charge de la Société fautive.

ART. 8. — Les Sociétés affiliées sont obligées de prévenir immédiatement le Président de la Fondation ou son fondé de pouvoirs, lorsqu'un de leurs membres est déclaré par un médecin de la Fédération souffrant d'une *maladie qui pourrait exiger l'intervention immédiate ou ultérieure* de la Fondation.

Elles sont ensuite obligées de *surveiller le malade* au point de savoir s'il suit fidèlement les prescriptions des médecins et de tenir le Conseil d'administration autant que possible au courant de la situation et de l'état du malade.

ART. 9. — La Société qui par de faux renseignements aurait volontairement tenté de faire accorder des secours à une personne qui n'y aurait pas droit, s'expose à être exclue de la Fondation.

En cas d'exclusion elle perd tout droit à l'avoir social.

Toutefois son exclusion ne pourra être prononcée qu'après avoir été entendue dans ses moyens de défense par une assemblée générale spécialement convoquée à cette fin et par les deux tiers des votants.

ART. 10. — Sera considérée comme démissionnaire la Société qui sera en retard de paiement de sa cotisation depuis un laps de temps proportionné au mode de paiement qu'elle aura adopté, soit : depuis deux mois lorsqu'elle paie habituellement sa cotisation par année ou par semestre ; et depuis un mois lorsqu'elle se sera engagée à payer sa cotisation mensuellement.

Toutefois il sera envoyé au préalable un avertissement au Président de la Société intéressée.

ART. 11. — Elle ne pourra être réadmise qu'à condition d'avoir payé l'arriéré. Le Conseil d'administration décidera à la majorité des votants si les membres de cette société seront considérés comme nouvellement inscrits ou comme des anciens.

ART. 12. — La Société qui donnerait sa démission de la Fédération neutre des Sociétés de secours mutuels ou qui pour une cause quelconque n'en ferait plus partie, cesserait de droit de faire partie de la Fondation pour tuberculeux et perdrait tout droit à l'avoir social (Art. 1er des Statuts).

ART. 13. — Comme la Fondation n'accepte que des Sociétés et non des individualités, celui qui cesserait d'être membre de sa Société perd tout droit à la Caisse fédérale pour tuberculeux à moins qu'il ne fasse en outre partie d'une autre Société affiliée.

Cependant l'affiliation à plus d'une Société ne donne pas droit à une augmentation ou à un redoublement de secours.

ART. 14. — Toutes les dispositions concernant l'agréation et l'exclusion qui se trouvent dans les statuts de la Fédération neutre de Sociétés de secours mutuels d'Anvers et ses faubourgs et qui ne sont pas en contradiction avec les articles qui précèdent sont également applicables à la Caisse fédérale pour tuberculeux.

ART. 15. — La Fondation procure, autant que ses revenus le lui permettent, les soins ou fortifiants que nécessitera l'état spécial des tuberculeux, mais toujours en concordance avec les prescriptions médicales.

Art. 16. — Comme *elle n'est pas instituée dans le but de remplacer les Sociétés à l'égard de leurs membres* dans le paiement des indemnités ou dans l'organisation du service médical ordinaire, la Fondation s'appliquera *principalement* à procurer des *secours en nature, par exemple : des fortifiants sous la forme de bon lait, des œufs, etc., des chaises longues, etc., et si la situation de la caisse le permet, elle interviendra aussi dans l'entretien du malade à la campagne dans un dispensaire ou dans un sanatorium.* Elle fera dans la mesure de ses moyens tout ce qui est nécessaire pour procurer aux membres malades le repos et les fortifiants que le médecin jugera nécessaires à la guérison ou au soulagement de sa maladie.

Art. 17. — Lorsque, par suite de circonstances spéciales ou bien par suite de son séjour dans un hôpital ou toute autre institution même en dehors d'Anvers, le membre malade pourrait se passer *personnellement* de l'intervention de la Fondation, mais que, par suite de sa maladie, sa famille se trouverait dans le besoin, elle (la Fondation) pourra, dans le but de procurer un soulagement aux souffrances morales du membre, accorder un *secours pécuniaire à sa famille.*

Art. 18. — La Fondation n'allouera de secours qu'aux membres qui seraient déclarés tuberculeux par un médecin de la Fédération et qui figureront depuis un an au moins et sans interruption sur les registres matricules de la Fondation.

Art. 19. — Le Comité général se compose de trois délégués de chaque Société affiliée.

Art. 20. — Il choisit dans son sein le Conseil d'administration, se composant de : un président, un vice-président, un secrétaire, un secrétaire-adjoint, un trésorier, un trésorier-adjoint et trois commissaires, dont les fonctions seront déterminées par un règlement d'ordre intérieur.

Art. 21. — Il y aura annuellement deux assemblées obligatoires du Comité général : 1° dans le mois de février; 2° dans le mois de juillet.

A la première de celles-ci, il sera fait rapport des travaux de l'année écoulée et de la situation de la caisse, et il y sera procédé à l'élection du Conseil d'administration.

Le Président pourra, en outre, convoquer autant d'assemblées qu'il jugera nécessaires à la bonne administration de la Fondation.

Art. 22. — Le fonds social se compose :

1° Des cotisations des Sociétés;

2° Des cotisations des membres protecteurs;

3° Des donations et legs;

4° Des subsides des pouvoirs publics;

5° Des intérêts des fonds placés;

6° Du produit des fêtes et tombolas.

Art. 23. — Les fonds seront placés à la Caisse d'épargne sous la garantie de l'Etat.

Le Trésorier ne conservera entre ses mains que la somme indispensable pour les dépenses journalières.

Art. 24. — Chaque proposition tendant à la modification des statuts et des règlements sera soumise au Conseil d'administration qui jugera s'il y a lieu d'y donner suite.

Aucune modification aux statuts ne pourra être admise à moins d'avoir été votée par les deux tiers des délégués présents en assemblée générale et spécialement convoqués à cette fin.

Art. 25. — En cas de dissolution, les fonds disponibles seront répartis, après paiement des dettes, entre les Sociétés affiliées, proportionnellement au nombre de leurs membres et à leurs années de participation.

Art. 26. — La dissolution ne peut avoir lieu tant que tout au plus trois Sociétés resteront affiliées à la Fondation et les délégués ne pourront délibérer sur la dissolution qu'à condition d'en avoir l'autorisation écrite de leurs Sociétés respectives.

La dissolution ne pourra être prononcée qu'en assemblée générale spécialement convoquée à la majorité des votants et à condition que cette majorité représente les trois quarts des membres de toutes les Sociétés réunies.

Art. 27. — Dans les cas urgents ou ceux non prévus par les statuts ou règlements, le Président ou son fondé de pouvoirs décide, sauf à soumettre sa décision à l'approbation de la plus prochaine réunion du Conseil d'administration, qu'il est tenu à convoquer dans le plus bref délai possible.

Dans la province de Liège, la région où le Dr Malvoz avait réussi à créer non seulement le premier dispensaire mais encore le premier sanatorium belge, la *Fédération neutre des Sociétés de secours mutuels de Huy* fusionna, dès le commencement de l'année 1903, sa caisse de réassurance avec une caisse pour tuberculeux. Tout membre affilié, reconnu atteint de tuberculose à n'importe quel degré, reçoit comme indemnité un supplément de secours de 5 francs par semaine ; cette indemnité peut être payée jusqu'au 24e mois de l'incapacité de travail. La caisse prend en outre à sa charge, jusqu'à concurrence de 4 francs par jour, les frais d'entretien au sanatorium de Borgoumont de ceux des sociétaires encore améliorables. Pour jouir de ces avantages, le malade doit subir au dispensaire de Huy, « qui est comme l'antichambre du sanatorium principal », ajoute le Dr Lefèvre, une visite du médecin-directeur ; celui-ci, au moyen de l'analyse des crachats, aide le médecin traitant dans son diagnostic et délivre, concurremment avec lui, le certificat de maladie. Pour ses débuts, en 1903, cette caisse a payé à 7 membres 1117 journées et a entretenu 3 malades au sanatorium ; elle n'a d'ailleurs dépensé que 924 fr. 50. Nous sommes loin des ressources et des dépenses des caisses d'invalidité allemandes qui dépensent 450 francs par malade traité au sanatorium et en assistent ainsi une douzaine par 10.000 assurés. Ici, avec les 6.000 francs par 10.000 assurés, qui sont versés à la caisse, des secours plus variés, sinon plus efficaces, peuvent être accordés à trois ou quatre fois plus de malades. D'ailleurs, le Gouvernement, qui a compris l'intérêt de cette tentative, semble vouloir l'encourager. L'an dernier, à l'occasion de l'Assemblée générale de la Ligue antituberculeuse belge, M. Dubois, directeur de l'Office du travail (compétent pour les mutualités) annonçait devant moi qu'il avait fait accorder à la caisse de la Fédération d'Anvers une subvention de 1.500 francs.

Le procédé belge est donc des plus modestes. Une Caisse de réassurance reçoit de chaque Société de faibles cotisations (par exemple un sou par mutualiste par mois) ; dès que le médecin de la Société reconnaît une tuberculose, celle-ci est déclarée à la Caisse ; la Société continue à payer le secours en espèces, mais son tuberculeux est spécialement surveillé par les spécialistes et par un dispensaire s'il en existe un ; il reçoit en outre de la Caisse ou du dispensaire avec lequel elle a pu traiter, des secours en nature ; s'il est améliorable par un séjour dans un sanatorium, c'est encore la Caisse qui intervient et paie une partie au moins des frais ; en pareil cas, j'imagine que, du moins jusqu'à l'expiration du délai statutaire de secours, la Société rembourse à la Caisse le montant du secours qu'elle aurait dû payer au malade, ou qu'elle en fait bénéficier sa famille. Puis, le délai de secours expiré, la Caisse reste seule responsable et fait, pour assister le malade et sa famille, ce que ses ressources et son influence lui permettent. Elle s'efforce de le faire traiter en sanatorium ou en cure d'air par l'assistance publique ou la bienfaisance privée, sauf à assister elle-même la famille pendant ce temps ; *et surtout elle recourt au dispensaire*

et à tous les services d'hygiène qui préserveront la famille tout
en améliorant un peu la situation du malade.

APPLICATION A LA FRANCE. — *Premier système : La gestion
directe des services antituberculeux par les Caisses de réassurance.* — Nous avons des amis pour qui cette formule est trop
modeste. Ils voudraient que chaque Union ou Caisse de réassurance eût sinon son sanatorium, du moins un certain nombre
de lits garantis et, avant tout, qu'elle fondât et gérât elle-même
des dispensaires antituberculeux ; ils voudraient que ce service
commun antituberculeux prît entièrement en charge l'assistance
des mutualistes tuberculeux, en dégageant dès le début de la
maladie la Société affiliée de toute responsabilité, sauf à lui
demander des cotisations beaucoup plus élevées.

A Saint-Etienne, l'automne dernier, nous avons rencontré des
mutualistes qui ne redoutaient pas d'appliquer aussitôt cette formule :

« Nous allons demander à nos mutualistes de la Loire, nous disent
MM. Peillon et Gerest, des sacrifices nouveaux. Pour une caisse de réassurance (ordinaire), nous réclamons 1 fr. 25 par membre participant; pour
une caisse de veuves et orphelins 50 centimes, et pour une caisse pharma-
ceutique 50 centimes.

Pouvons-nous proposer à nos sociétés une quatrième surcharge, en vue
d'établir des dispensaires antituberculeux? Nous l'essaierons, nous leur
demanderons 2 fr. par membre. Cela nous assurerait pour la Loire (40.000
membres) 80.000 fr. par an, qui nous permettraient peut-être d'entretenir
cinq dispensaires à Saint-Etienne, Roanne, Rive-de-Gier, Firminy, Saint-
Chamond.

Ajoutez ces 2 fr. aux 4 fr. que coûte déjà la tuberculose. Or, le Dr Fleury,
chef du bureau d'hygiène de la ville de Saint-Etienne, évalue, à raison d'une
durée moyenne de 3 ans pour chaque cas de tuberculose, entre 80 et 100
pour 10.000 personnes le nombre des malades de tuberculose ; d'autre part
les frais d'assistance en dispensaire sont, d'après le Dr Calmette, d'environ
2.000 fr. par an pour 100 familles par jour ou de 2 fr. par jour et par famille.
Il en résulte qu'il faudrait pouvoir assister au moins 320 familles mutualistes dans la Loire et consacrer à cette assistance près de 240.000 fr. par an,
ce qui revient bien à la contribution de 6 fr. par mutualiste et par an ».

Et le congrès de Saint-Etienne, sur la proposition de M. Brouar-
del, concluait en ces termes : « Les sociétés dépensent, pour la

tuberculose, un tiers des ressources affectées à la maladie. Cette dépense est faite sans pouvoir servir à la préservation de la famille et des voisins. Or on peut donner des soins efficaces et utiles aux malades et aux familles, en assurant la préservation de toute contamination, avec la même somme, *probablement augmentée de moitié*, grâce à la création de *dispensaires* du type Calmette ».

Nous parlions surtout du dispensaire, mais cela n'excluait point la cure en sanatorium, l'envoi dans des maisons de repos et tous autres moyens spécialement indiqués pour telle ou telle maladie. C'est ainsi qu'au sanatorium populaire du Sud-Est, Hauteville (¹), un lit revient, par abonnement, à environ 1,500 fr. par an. Seulement, le service antituberculeux de l'Union de la Loire resterait chargé de tous les secours directs ou indirects aux tuberculeux et de l'emploi le plus judicieux des fonds constitués par ce report d'une partie des cotisations.

Nos amis reculaient d'ailleurs devant l'idée de construire un sanatorium où même une maison de repos, ou d'acheter des immeubles à cet effet. Il leur semblait plus raisonnable de recourir à l'abonnement, et l'Union de la Loire manifeste encore l'intention de traiter pour la location d'un pavillon avec un sanatorium actuellement en construction dans la Drôme. Quant aux dispensaires, beaucoup moins coûteux, elle songe à demander l'autorisation d'ouvrir une loterie pour recueillir les fonds nécessaires au premier établissement (²).

(¹) L'actif et savant directeur d'Hauteville, le docteur Dumarest, a très bien compris lui-même toute l'importance d'une intervention des mutualités ; dans un bref rapport, présenté à la conférence de Berlin de l'Association internationale contre la tuberculose (1902), il leur adressait déjà un appel et il se joignait à nous, l'an dernier, pour parler de ces questions aux mutualistes de Saint-Etienne.

(²) Il n'est pas inutile de constater en passant que la Chambre des députés commence à être surprise du nombre des projets de loterie dont elle est saisie. Le 28 juin dernier, M. de Castelnau, au nom de la 13ᵉ Commission d'initiative, donnait un avis favorable à l'autorisation d'une loterie organisée par la Fédération des Sociétés de patronage des écoles laïques de Bordeaux et du Sud-Ouest, *en faveur des colonies de vacances et sanatoriums scolaires* (création de 3 colonies à ajouter aux 6 existantes, de 4 dispensaires, etc.). Mais la Commission appelait l'attention du Gouvernement sur « ces interventions anormales du pouvoir législatif dans un acte (d'autorisation) qui est de

Des projets analogues s'ébauchent ailleurs. Dans l'Hérault, par exemple, il est question d'établir cinq dispensaires antituberculeux avec les capitaux que voudrait bien accorder, on le suppose, le Pari mutuel. On se contenterait, s'il le fallait, comme dans la Loire, de louer et d'approprier des locaux existants, procédé qui a réussi, semble-t-il, au dispensaire Albert-Elisabeth de Bruxelles.

Plus simplement encore, d'après M. Hébrard, on pourrait concevoir les services du dispensaire antituberculeux comme une annexe, un complément du dispensaire mutualiste général créé par une Union ou une grande Société.

Mais toujours, on le voit, les mutualistes resteraient entre eux, feraient leur propre organisation antituberculeuse, pour et par les mutualistes, au moyen d'unions où caisses de réassurances propriétaires de dispensaires et propriétaires, ou du moins locataires, de lits dans des sanatoriums et maisons de convalescence, etc. !

Je comprends que cette formule ait séduit bien des mutualistes. Mais ils n'ont pas encore passé à l'acte. Les charges ne vont-elles pas apparaître plus lourdes, plus irréalisables que si la mutualité réassurée se bornait à traiter avec des institutions distinctes? Quels soucis de gestion, quelle responsabilité financière et surtout quelle responsabilité médicale!

Deuxième système : l'entente des caisses de réassurance avec les dispensaires. — Plus simple, plus prudent au début, serait un système qui permettrait aux mutualités de diriger tous leurs tuberculeux sur les œuvres spécialement constituées en vue de cette assistance, — c'est-à-dire, avant tout, sur les dispensaires et de là sur les œuvres complémentaires, — un système de *prise en charge des tuberculeux par les dispensaires* ▬▬▬▬▬

On ne peut sans peine improviser des services aussi complexes d'assistance et de prophylaxie. L'œuvre type, l'œuvre centrale avec laquelle on a des rapports quotidiens, que l'on consulte,

l'unique ressort du pouvoir de police du ministre de l'intérieur » et il est possible que le Gouvernement en vienne à des mesures restrictives.

qui s'entremet pour vous; le dispensaire, a besoin de vivre de sa vie propre. Laissez-le se concerter librement avec les diverses institutions d'assistance, de bienfaisance et d'hygiène; laissez-le recevoir des dons, des souscriptions, des concours divers. Il interviendra plus aisément dans la vie de la famille entière, recherchant les malades, surveillant, éduquant, agissant sur la tenue de la maison, s'occupant des enfants, dirigeant tout un service d'alimentation aussi compliqué qu'une petite coopérative, gérant une buanderie, des bains-douches, peut-être une cité ouvrière, une œuvre d'assistance par le travail, que sais-je encore?

Dans beaucoup de villes il en existe de tels (je pense à ceux qui fonctionnent sérieusement); ailleurs, bien des dispensaires se créeraient si les mutualités devaient leur assurer une partie de leur entretien. Pourquoi alors, les Sociétés de secours mutuels, par l'organe de leur caisse de réassurance, ne commenceraient-elles pas par rejeter sur ces dispensaires, comme cela paraît se faire à Marseille, la responsabilité de l'assistance aux mutualistes tuberculeux, de l'envoi dans les établissements appropriés, de la préservation des familles? Sauf à payer plus cher qu'en Belgique, c'est-à-dire à effectuer en faveur de la caisse de réassurance un prélèvement plus considérable sur les cotisations du service maladie où, s'il le faut, sur les fonds libres, les sociétés pourraient même adresser leurs malades au dispensaire *dès le début de l'affection,* spécialisant ainsi complètement l'assurance des tuberculeux.

Un exemple avant de conclure. A Nantes, le printemps dernier, notre ami Guisthau faisait ce rêve, qu'il finira par réaliser : grouper les bureaux des œuvres de solidarité dans une maison commune, où, de porte à porte, s'échangeraient les bons offices de tous ceux qui font de l'aide sociale, qui veulent le secours prompt, efficace et préventif. Déjà, l'accord semble s'être fait entre les œuvres de l'enfance; une Maison de la Mère s'achève, où M. Durand-Gasselin groupera divers services de protection de la femme et des enfants; les autres œuvres sont connues, unies, et la division du travail de sauvetage s'effectue sans difficulté. Et de même, le dispensaire antituberculeux, que ce philanthrope a bâti près de la Maison de la Mère, concentrera en lui puis diffusera partout les bonnes volontés des savants, des philanthropes et des mutualistes : d'ores et déjà, il pourrait prendre la responsabilité de toute la lutte antituberculeuse dans cette région, car il a lié le faisceau ; il fait agir, selon le besoin, le bureau d'hygiène de la Ville, ou le sanatorium d'une société amie ; il a ses cures d'air et sa vacherie et ses services d'alimentation ; son créateur a fondé la salle d'isolement de l'hôpital ; il entretient des lits à l'hôpital marin pour enfants ; il tient aussi de près aux colonies de vacances et encore à l'assistance par le travail, et à bien d'autres œuvres encore sans oublier l'assistance publique. Vrai foyer de santé dans la cité malade !

Entre ces œuvres antituberculeuses et la mutualité, affiliées toutes deux à l'Alliance d'hygiène sociale, un intermédiaire tout naturel devrait nouer le premier lien : le *Comité régional de l'Alliance*, partout où il en existe un. Ne pourrait-il pas étudier les conditions d'une entente, un tarif d'abonnement pour la prise en charge des tuberculeux et, si possible, de leurs familles par le dispensaire tel que nous le concevons, rouage essentiel de l'œuvre antituberculeuse ? Une caisse de réassurance, gérée par l'Union s'il en existe une, ou par une des sociétés de secours mutuels ou, au besoin, par le Comité de l'Alliance, se chargerait de la besogne matérielle de répartition et de perception des cotisations.

Cette division du travail et cette coordination des efforts une fois assurées, la porte resterait ouverte entre mutualité et hygiène sociale, dans la maison sociale que rêve Guisthau. L'une vivifierait l'autre. La mutualité ayant garanti des annuités d'entretien relativement constantes à l'œuvre antituberculeuse, celle-ci, cautionnée pour ainsi dire, trouverait plus facilement les capitaux de premier établissement nécessaires soit auprès de la bienfaisance privée, soit auprès des pouvoirs publics, ou des deux à la fois ; les dispensaires, les cures d'air de tout ordre pourraient être sans peine multipliés sur tout le territoire. Et, d'autre part, quel soulagement pour les mutualités! Leurs dépenses régularisées, leurs adhérents plus rapidement traités, plus sûrement améliorés, leur recrutement activé par l'adoucissement des conditions d'admission et par la promesse de secours plus variés! Comment se refuseraient-elles alors à étendre le secours aux familles entières? Ne les verrait-on pas diriger leur affectueuse attention sur les enfants? Et, à mesure que les sacrifices consentis par les mutualistes permettraient à l'œuvre antituberculeuse de porter plus profondément l'assistance dans la famille, ne verrions-nous pas les sociétés, dégagées de bien des soucis du côté des malades, rechercher d'autres responsabilités du côté des bien portants, consacrer forces et argent à l'éducation de l'hygiène, à la propreté, aux vacances de leurs enfants et même de leurs membres, à l'amélioration des habitations et de l'alimentation, et faire un jour du milieu mutualiste, groupé jadis par la commune pensée de s'aider *en cas* de maladie, le milieu par excellence de l'aide mutuelle *contre* la maladie !

VŒU

de M. Léopold MABILLEAU

Président de la Fédération Nationale de la Mutualité Française

Le Congrès de l'Alliance d'Hygiène sociale, convaincu que la meilleure façon de lutter contre la tuberculose est de multiplier les œuvres de préservation et d'hygiène, émet le vœu que les Sociétés et Unions de secours mutuels prennent une part active à la lutte antituberculeuse en coopérant à l'entretien des dispensaires spéciaux, notamment par l'institution d'une cotisation de réassurance antituberculeuse.

Bordeaux. — Imprimerie spéciale de *L'Avenir de la Mutualité.*